내가 받은 특별한 선물

박이도

육필서명본^{肉筆署名本}에 담은 시담^{詩談}

내가 받은 특별한 선물

스타북스

내 마음에 담은 시선詩仙들을 기리며

　오랜 세월 문단의 문객들과 나눈 육필 서명본을 비롯 편지글,
쪽지글 등을 모아 그 서첩書帖을 엮기로 하였다. 문단의 큰
어르신네들로부터 가까운 선후배들까지, 서로 나누었던 교우록이
되는 셈이다. 신문학이 싹트고 오늘에 이르기까지 한국 문단의
기라성들의 시화詩畵와 육필肉筆을 귀감 삼아 나의 정면교사正面敎師로
삼고자 함이다. 이미 저들의 시문詩文에 담긴 저마다의 문학적
발상법과 시 정신에서 나는 많은 교훈을 받은 바 있다. 고인이 된
어르신들의 예술과 인격을 기리고 명심불망銘心不忘하고자 한다. 지난
세월 서당에서 한문을 가르치던 때 교본으로 삼았던 『추구집推句集』에
'문장은 이태백李太白이요 필법은 왕희지王羲之'라는 문구가 있다. 중국의
한문 문화권의 사표가 된 인물들이다. 우리 한국어권의 문학과
필법을 내놓은 분들이 적지 않음을 보면서 특히 친필 육필로 받은
이들의 함자와 필체를 한자리에 모아 나 스스로에게 귀감이 되는
서첩을 마련하고자 하는 것이다.

　작고하신 분들을 중심으로 다뤘다.
　이를 준비하다 보니 많은 시집, 서간문들을 분실했거나 서가에서
찾아내지 못한 것이 자못 아쉽다.

　　　　　　　2022년 임인년 봄에
　　　　　　　박이도朴利道

시인의 말
내 마음에 담은 시선詩仙들을 기리며 – 박이도 · 5

십 년만에 부치는 글월 · 12
−김광균 선생님에게

"시를 육성으로 낭송하자" · 16
−수연 박희진 선생님

시집 『소등』에 대한 부러움 · 20
−김현필이 이 탄이 된 사연

후백 선생님 안녕하십니까? · 24

투명인간으로 돌아온 초개에게 · 28
−김영태의 추억을 더듬으며

김광협 형, '만년필'은 갖고 가셨나요? · 32
−아버지 쏙 빼닮은 기자 따님 김예령 맹활약 중

애증의 무덤을 넘어 · 36
−늦봄 고 문익환 목사님에게

"어느 먼 곳에서 운명이 날 오라 손짓 하네" · 40
−박화목 선생님의 과수원 길을 걸으며

포커페이스의 암호 찾기 · 44
−모더니스트 이승훈의 비대상(非對象)이란?

희미한 기억 속에 온유돈후한 시풍 · 50
−김구용 시인의 유불 사상에 기반한 시적 행적

정신적 사표가 되어 주신 고고한 선비정신 · 54
−한시와 영시를 두루 창작한 김종길 선생

누가 마광수를 죽였는가 · 60
−유서가 된 메멘토모리, 광마 왜 그랬어?

지구에서 본 우주공간, 환상적인 관찰과 상상력 · 66
− 재기발랄했던 '상징시인' 황석우

"올바른 말은 올바른 정신을 낳습니다" · 72
−필체의 품격 눌당 하희주 시인

한지에 먹물이 스며들 때 — 무아의 경지에 · 78
−수묵화의 대가 송수남 형에게

이미지와 상징 조작에 시적 개성 돋보여 · 84
−먼 이국 땅에서 한 줄 부음으로 떠난 박남수 시인

외유내강의 지사형 언론인 이경남 · 90
−유주현의 '조선총독부'를 대필하기도

독재 정권에 맞서 온 몸으로 저항시를 쓴 사나이 · 94
−후배 시인 조태일과의 인연

"결국, 나의 천적은 나였던 것이다" · 98
−스승 조병화 선생님의 이모저모

자유로운 산문시의 지경을 확장하다 · 106
−정진규의 매너리즘을 경계한 시정신의 내면일기

일출봉에서 하늘나라로 사라지다 · 112
−요절한 천재 시인 김민부

차돌같이 단단하고 이슬같이 투명한 영혼의 숨결 · 116
−모국어로 고독의 끝을 풀어낸 시인 김현승

시인 · 언론인 · 정치인의 삼색 인생을 살다 · 122
−아직 뚫리지 않은 경의선을 두고 떠난 시인 강인섭

판소리로 불태운 한의 '서편제' · 128
− "종교냐 문학이냐" 말년에 소회 밝히기도 한 이청준

광야의 예언자, 현실과 맞서는 시정신 · 132
−수석(水石)에서 자연의 오묘한 세월을 명상한 시인 박두진

다정다감했던 성품의 시인이자 언론인 · 136
−식물성에의 소묘로 자연계를 조망한 박성룡

지사형의 신앙 동지 · 140
−왜곡된 4.3사건 등에 대한 비정에 앞장 선 작가 현길언

"내 앞에선 남을 흉보지 마라" · 144
−시로 등단해 소설가로 대성하신 은사 황순원

전영택 목사를 스승으로 모셨던 방송작가 주태익 · 148
−백합보육원 시절 강양욱 등과 월남 후의 인생 역정

동아일보 신춘문예로 등단한 문단의 풍운아 · 154
−자상한 맏형처럼 문협 이사장으로 활약했던 황 명

문예 전 장르를 아우른, 불세출의 명성 · 160
−신봉승의 사극 〈조선왕조 5백년〉 등

자유분방했던 한글세대의 기수 김 현 · 166
−시인의 감성을 꿰뚫어 보는 긍정의 시학 펼쳐

마음이 가난했던 무욕무심의 시인 임인수 · 170
−시집 『땅에 쓴 글씨』는 문우들이 출판해

"동리 선생의 귀는 당나귀 귀" · 176
−이데올로기 문학은 참된 문학이 아니라고 주창한 김동리 선생

불상을 연상케 한 과묵의 시인 · 182
−'현대시학'으로 문단의 대부 역을 자처했던 전봉건 선생

이즈음 우리의 말글살이는 어떻습니까? · 188
－첫 스승, 한실 이상보 박사님

서사시 「우체부」로 주목받은 모더니스트 · 192
－현장 비평으로 현대시의 판을 키워놓은 문덕수 교수

작가적 역량, 화려한 상 복의 김문수 · 198
－"친구야, 내 친구 문수야"

시집 『종려』로 문단 데뷔 · 202
－아동문학가로도 활약한 신앙 시인 석용원

노선의 경지에 이른 잠언시 · 208
－토착어로 살려낸 우리의 성정(性情) 서정주

한글세대의 상징적 아우라 · 214
－「생명연습」 등 특유의 문체 계발한 김승옥

1960년대 한국기독교 문단을 이끌어 낸 공로자 · 218
－북에서 활동했던 김조규 시인과 형제 시인 김태규

언어 절제, 토속어의 상징성을 살려 · 224
－시로 확인해 가는 박목월 시인의 영생의 길

모국어의 향수 속에 역이민을 꿈꾸던 소설가 · 230
－송상옥, L.A 이민지에서 쓸쓸히 사라지다

시와 서예를 아우른 영활한 서예가 박종구 · 236
−서사체로 엮은 천지창조의 비의

「화수분」은 왜 그 시대의 대표작인가? · 242
−늘봄 전영택 작가의 이력

허무주의자 오규원의 시적 패러디 · 248
−30년 만에 뜯어본 연하장

생명 위기의 시대에 힐링의 전령사 · 254
−민들레의 영토에 뿌린 사랑의 씨앗 이해인 수녀

Letters

황동규 시인 · 48 박남철 시인 · 59 김주연 평론가 · 71
조정래 작가 · 77 김병익 평론가 · 83 성찬경 시인 · 89
조병화 시인 · 104 나태주 시인 · 111 장사익 노래꾼 · 127
김시철 시인 · 159 윤석산 시인 · 165 장 호 시인 · 175
최승범 시인 · 181 김준오 평론가 · 197 유재영 시인 · 213
서정춘 시인 · 223 유경환 시인 · 235 허영자 시인 · 260
한영옥 시인 · 261 이광석 시인 · 262 우한용 교수 · 263
임인수 미망인 신효숙 · 264 김광휘 작가 · 265
방송작가 주태익 · 266
2020년 이근배 시인이 보낸 신년 휘호 · 268

朴利道 正惠存

一九三二. 四

金光均

詩集瓦斯燈

1960

김광균
(1914. 1. 19~1993. 11. 28)

십 년 만에 부치는 글월

−김광균金光均 선생님에게

1

60여 년 전, 보내주신 혜서惠書, 잉크 향내가 묻어나는 육필의 편지글에 배복拜復합니다.

"어느 먼−곳의 그리운 소식~"*인가요
먼동이 터 오는 새벽, 속삭이는 듯 눈발이 흩날리는 소리에 깨어났습니다. 깨어나 선생님을 그리며 시 한 수를 적어 봅니다.

바람결에, 어슴푸레, 간간히,
산골짜기에서 들려오던
멍멍이 소리마저 잦아지고
세상은 적막에 싸이고
사그락 사그락 싸락눈이 쌓이는
밤, 숨소리마저 멈춘 채
귀 대어 본다.
임의 그리운 소식인 듯싶어 귀 대어 본다.

2

나는 1962년 한국일보 신춘문예에 「황제皇帝와 나」라는 시로 당선했다. 1월 4일자 지상에 작품이 실리자 전국에서 편지가 답지했다. 뜻밖의 서신들이었다. 그 중 소포 하나가 배달되었다.

난생 처음 받아본 소포, 보낸 이의 함자衡字는 김광균金光均. 소포를 뜯어보니 고급 양장본의 『시집 와사등詩集瓦斯燈』이 나왔다. 시집의 저자 김광균이란 함자를 확인하는 순간 나는 먼 옛날인 듯 마음속에 무한한 상상의 나래가 펼쳐졌다. 시집에 편지 봉투가 끼워져 있었다. 봉하지 않은 봉투에서 뽑아 보니 만년필로 쓴 손글씨 편지로, 두 장에 이르는 장문이었다. 그 내용은 '우리 시단의 새로운 지평을 열었다'는 요지의 격려의 글이었다. 나는 이 편지를 제일 먼저 서정주 선생님에게 보여 드렸다. 그리고 신촌 주변에 몰려 하숙하던 마산 출신 송상옥, 이제하, 강위석 등과 송수남 등의 친구들의 요청으로 이 편지를 건넸는데, 그 후 편지는 행방을 찾을 길이 없었다. 지금 생각하면 애석한 일이 아닐 수 없다.

읽고 적어 보며 그렇게 암송하던 시 한 편 「설야雪夜」가 동動 사진으로 돌아왔던 것이다. 속 표지에는 머리말에 해당하는 다음과 같은 글이 적혀 있다.

와사등瓦斯燈에 처음 불이 켜진 것은 20년 전의 일이다. 떠나온 지 오랜 내 시의 산하山河 저쪽 일이라, 지금도 등불이 살아 있는지 이미 꺼진 지 오래인지 알 길이 없다.

이 시집에는 저자 김광균의 함자는 없다. 맨 뒤의 판권 난에만 함자를 넣은 것도 특이하다.

가물가물 아스라한 환상 먼 옛날의 "잃어버린 추억"**이
하얀 폭풍으로 가슴을 쳐 대고 있습니다

"내 홀로 밤 깊어 뜰에 내리면
머언 곳에 여인의 옷 벗는 소리"***에
한껏 상상의 나래를 펴봅니다.

속삭이듯 조근조근 귀엣말로 다시 한 번 엿듣고 싶습니다.

3
　　소공동 건설실업으로 불러 주신 날의 인상印象, 후덕하고
인자한 모습, 투박한 어투의 돈후敦厚한 표정이 아직 분명히
살아 있습니다.

"파―란 역등驛燈을 달은 마차~"****를 타고 떠나가신 곳
선생님의 유토피아, 먼 곳의 낙원 풍경을 보여 주십시오.

　　*「설야」에서
　**「설야」에서
***「설야」에서
****「외인촌」에서

朴利道 詞兄

著者

박희진
(1931~2015. 3. 31)

"시를 육성으로 낭송하자"

—수연水然 박희진朴喜璡 선생님

"시의 말에는 언령言靈이 깃들어 있다. 말 속에 숨어 있는
혼령을 불러내어 청중의 가슴속에 새로운 전율, 생명의 불꽃
을 일게 하자면, 시인이 자신의 전력을 기울여서 시를 육성肉
聲으로 낭송할 수밖에 없다"며 시낭송, 시의 무대공연을 주창
主唱하시던 수연水然 선생.

시적 대상에 집중하고 몰입하는 정신주의는 구도자로서의
겸허한 자세, 근원에 집중하는 종교적 상상력 등이 그의 시
적 위업을 구축하고 있다. 불교의 정토세계를 관조하는 듯,
수연의 이 시를 읽고 또 묵독하며 감상하노라면 샘솟는 맑은
물빛을 바라보는 심정이 된다.

검은 바위 속엔 선비의 고요가
선비의 가슴 속엔 바위의 고요가
하나로서 화하여서
있는 건 조화일 뿐
부드러움일 뿐
바위도 초목도
선비의 수염도 흐르는 물도
하나의 맑음일 뿐

수묵 빛일 뿐

       —「고사관수운高師官需雲」 전문

    1983년 세모. 경향신문 신춘문예작품 선고選考를 하기 위해 안암동 아파트로 선생님 댁을 방문했던 날, 나는 그가 독신의 구도자인 것을 처음으로 확인했었다. 저녁식사로 배달해 온 짜장면을 먹고, 엽차를 마시며, 제각기 골라 본 30여 편을 서로 나누어 보고, 황인숙의 시를 뽑았던 적이 있었다. 그렇게 선생님 댁에서 두 시간여 남짓 외부에서 걸려오는 전화가 꽤 많았다. 대부분 여성들이었다. 독신 시인에게…. 그 후 오랜만에 보내주신 『상처와 영광』, 부제로 '내 문학 세대의 정신사'라는 1천 페이지가 넘는 방대한 책 속에서 그의 문학과 사상, 인품을 다시 읽어 본다.

    이 시론집에는 그의 80년대에 독버섯처럼 발아하던 학생들의 이념적 편향성을 지적하고 비판하는 시와 시론詩論 등이 많이 수록 되어 있다.

    그까짓 공산주의
    Sentimetal journey는 끝내야죠,
    한 때 홍역처럼 유행처럼
    붉어졌던 이 땅의 이상주의자들.
    좌경 안 하면 마치 저능아나
    비인도적 열등인인 것처럼 천시되던
    기묘한 풍조의 시기는 끝났어요.

능률만 알았지
인간은 조직과 당의 노예!
평등의 이름 아래 굴욕의 빵보다는
먼저 선택의 자유를 주어야죠.
　-장시 「혼란과 창조」 제3부 '공산주의에 대한 비판'에서 인용한 시(문학사상.
1987.6)

　또 수연水然 선생이, 그가 모 대학에서 '시창작' 과목을 강의
했던 시절 학생들의 행태를 보고 들은 대로 적은 글의 몇 문
장을 보면

　여러분은 지금 문학이나 예술을 더불어 논할 만큼 자유롭
지 못합니다. 어떤 강박관념, 오늘날의 학생들은 이래야 된
다거나 오늘날의 문학은 꼭 이래야 된다거나 오늘날의 문학
은 꼭 이래야 마땅한 것이므로 여타의 길은 있을 수 없다는
따위, 편집광적 이데올로기에 사로잡혀 있습니다. 공산주의
라는, 이미 지난 시대의, 시험이 끝난, 망령에 사로잡혀 있다
는 말입니다.
　(한국논단. 1991년 9월호에서)

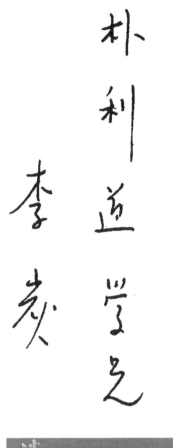

이 탄
(1940. 10. 20~2010. 7. 29)

시집 『소등消燈』에 대한 부러움

—김형필이 이 탄이 된 사연

이 탄李炭 사백의 본명은 김형필金炯弼, 필명이 이 탄李炭이다. 고교 시절 담임선생님이었던 황패강 선생님이 지어주신 것이라고 했다. 사석에서 친구들과 모여 앉으면 자랑스럽게 털어 놓던 사제 간의 옛 이야기였다. 『소등消燈』은 그의 처녀시집 『바람 불다』(1967년)를 내고 그 이듬해에 낸 두 번째 시집이다.

등단 초년의 시인이 연거푸 시집을 냈다는 건 대단한 사건이었다. 당시 문단 사정은 원로 문인들조차 작품집을 낼 엄두를 내지 못할 때였기 때문이다. 그런 상황에도 불구하고 이 탄의 『소등』은 호화 장정판에 조연현趙演鉉 월간 '현대문학' 주간의 서문, 시인 김윤성金潤成님의 제자題字, 화가 천경자千鏡子 여사의 컷(속표지화), '현대문학' 편집장 김수명金洙鳴 여사의 장정으로 구성된 시집이었다. 나는 이 탄과 그의 시집을 선망의 눈으로 보고 또 읽었었다.

그가 대한교과서주식회사에서 발간하던 '새소년'을 만들던 1960년대, 효제동 사옥의 간단한 주전부리를 할 수 있는 가게에서 가끔 만나곤 했다. '신춘시' 동인으로 정기적인 모임을 갖기도 했었다.

그 후 그가 한국외국어대학교 교수로 그의 모교로 돌아와서는 만남이 잦았다. 내가 봉직하던 경희대학교와 이웃하고 있어 자주 만나곤 했다. 대학원 강의도 품앗이(?) 하는 등 1990년대 후반까지 우정을 나누던 문우였기에 각별히 친밀감이 더했던 친구이다.

오늘 저녁 우린 좀
우울했다. 아직 남아 있는
상주喪主의 눈물자국처럼 허이연
흔적의 인상印象들이
뒤따르고 있음을 알면서도
나는 친구와 함께
그의 방으로 들어갔다.

안팎은
바다의 풍경이거나 다름없이 출렁이고
잠시 후 우린 우울한 표정을 지닌 채

이 탄시집 「소등」 속표지

소등消燈했다.

구름 지나간 자리

무엇이 남나

무엇이 남나

그렇게 봐도

눈에는 구름 한 점

비치지 않고

그저 하늘이기만 하네.

초상집의 어수선했던 기억 속에 시인이 말하는 '소등消燈'이란 무엇을 상징하는 것이었을까. 이를 풀어 보는 것도, 다정다감하고 겉으로는 늘 웃는 표정을 짓던 형에 대한 추억이 될 것이다. 문단 교우 관계가 거의 없었던 나로선 오랫동안 우정을 나눈 편이다.

박 이 도 선생께

2002

2월

황 금 찬

황금찬
(1918. 8. 10~2017. 4. 8)

후백后白 황금찬 선생님, 안녕하십니까?

항상 허물없이 사랑해 주신 선생님을 기리며 문안 인사드립니다.

오늘도 하늘나라의 정원을 거닐고 계실 선생님, 그곳엔 먼저 보낸 따님도, 큰 아들 도제 시인도, 그리고 사랑하는 사모님까지 한자리에 모여 단란한 나날을 보내시겠지요. 오손도손 꽃동산에서 나누는 이야기- 바람결에 꿈꾸는 구름 속에 들려오는 듯합니다. 별님들이랑 마실 다녀오듯 드문드문 은하수 뒤로 기웃하는 상현달과 또, 스쳐가는 우주의 시인들과 나누는 이야기, 여기 우리들의 지상으로도 들려주십시오.

옛 시인의 영토, 선생님의 고향 땅, 속초로 가는 고속철도가 뚫렸습니다. 이 겨울이 가기 전 고속철을 타고 설경을 보며 동해의 파도 소리를 들으러 떠나겠습니다.

2020년 경자년 초
박이도 올림

언젠가 선생님의 장수하시는 법을 여쭈었더니, "내 선친도 조부님도 다 기골장대氣骨壯大한 분들이었다. 그런 내력으로 나도 건강하고 장수하는 것 같다."고 집안의 내력을 알려 주셨다. 한편 선생님은 대학생이던 따님을 잃고, 큰 아드님마저 먼저 보내는 심적 고통을 겪기도 하셨다. 강릉에서 상경, 동

성고등학교에서 봉직하면서 박목월 선생과 함께 초동교회에 출석하여 조향록 목사님과의 오랜 교우 관계를 유지해 왔다.

선생님을 회상하면 회갑기념 잔치에서부터 여러 행사를 주관했던 두 분의 문인이 생각난다. 강릉사범학교 제자인 신봉승 희곡작가와 강남대학교 제자인 최규창 시인이다. 좋은 일, 궂은 일 가리지 않고 뒷바라지를 해 왔던 일은 문단의 화제가 되었던 뒷이야기이다.

나는 후백 선생님과 비교적 오랜 만남을 가진 편이다. 한국기독교문인협회를 비롯, 이러저러한 모임에서 자주 뵐 수 있었기에 선생님에 대한 추모의 정이 각별한 것이다.

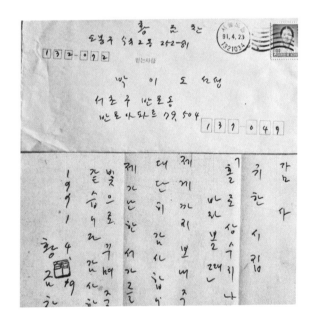

이제 내가 무슨 행복이 있겠는가

이 일밖에는

친구여 이 소식마저 없거든

다시는 나를 찾지 말게나.

이 서시는 돌아가시기 16년 전의 시집 『우주는 내 마음에 있다』의 서문이다. 이 시집을 받아보면서 '아! 이 어른이 묘비명을 미리 써 놓은 것이구나' 하는 예감을 받았던 기억이 떠오른다. 이 서시는 내가 시를 지어 시집으로 출판하는 일만이 행복이라는 말씀이다.

선생님께서 남긴 시인으로서의 잠언들을 엮어 보았다.

시는 아직도 내게 비밀을 말하지 않았다. 생각하면 슬픈 일이다. 이제는 자랑할 것도 없고 부끄러울 것도 없는 마음이다. 내 현주소가 하늘로 옮겨진 것 같다. 모든 것이 커 보인다. 나라는 존재를 희미하게나마 바라볼 수 있을 것 같다. 하늘의 별들이 가까이 온 것 같다.

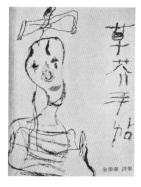

김영태
(1936. 11. 26~2007. 7. 12)

투명인간으로 돌아온 초개草芥에게

−김영태 시인과의 추억을 더듬어 횡설수설

난 도무지 생각나지 않소. 시인 김영태金榮泰라는 친구를 언제 어디서 처음 만났는지, 그 때의 얼굴 표정, 옷매무새는 어떠했는지, 처음 나눈 말은 무엇이었을까, 처음 들어 본 목소리, 숨소리는 어떤 것이었는지 나는 모르오(내가 처음 만난 여인들의 형상은 내 눈과 귀에 남아 아직 속삭이고 있건만…).

난 오늘 자네를 만나러 문예극장 가열 123번* 좌석을 찾아갔네. 먼저 와 있더군. 투명인간으로 돌아온 초개 형. 왼손에 턱을 반쯤 기대고 지그시 눈을 감은 채 잠이 든 듯 내가 옆에 다가서니 낌새도 못 차리고−. 무대 위에 춤추는 무용수의 몸동작에 빨려 들어가고 있는 게 분명해. 초개 형 들어 봐요, 언젠가 나도 무대 위에서 춤추는 무희들에 빠져 노래한 시 한 수.

춤추는 여인이여
나는 그대를 사랑함이니
그대의 영혼을 사랑함이니
그 영혼의 몸짓을 못잊음이니

—졸시(拙詩) 「춤의 혼이여」의 부분

　언젠가 걸려 온 전화통에서 희미하게 들려오는 목소리.
　"박형, 언제구 혜화동에 나올 때 한 번 들르세요. 데생 한
점 그려놓았으니까."
　내 말은 더 들으려고도 않고 끊어 버린 매정한 친구, 초개
형.
　'문지文知 시선'에 그려 준 소묘와는 또 다른 데생을 기대하
며—.

　알비노니의 아다지오
　삐닥하다
　의자가 두 개
　사이
　좁혀가는 간격의 팔이 네 개
　포개어지다가 무너지다가
　　　　　—「정야(靜夜)」 전문

　「정야」는 내가 즐겨 읽던 김영태의 작품이다. 이 작품에 앞
서 초기에 쓴 「방房」(『평균율平均率』에 수록한)을 먼저 들여다보
고 「정야」를 읽는다면 감상 포인트가 어디에 있는지를 보다
쉽게 알아차릴 수 있다.
　김 형! "안개 때문에/ 윤곽만 보이는 집,/ 구름 속에 창문
이 열려 있었다"는 그 집 그 방의 층계를 지금도 오르곤 하는
지? 난 궁금해, 비실비실 허깨비 같은 모습으로 실소失笑해 보

라구. 난 그 표정이 인상적이었어.

언젠가, 경주였던가, 시협 세미나장에서 본 형의 모습 두 가지.

숙소에 도착해 투숙할 방 배정을 위해 로비에서 웅성거릴 때 잽싸게 벌어진 포커판, 몇 사람 꾼들이 둘러앉았는데, 형도 등산모를 쓴 채 포커페이스로 열심히 베팅을 하더구만. 몇 판이 돌았을까, 승자가 되어 판돈을 쓸어 모은 거지. 그 다음 동작에서 형은 벌떡 일어나 자리를 뜨더라구. 둘러앉았던 꾼들은 아연실색, 닭 쫓던 뭐 신세가 된 거지. 그 때 여럿이 둘러서서 구경하던 나는 속으로 쾌재를 불렀지. 아, 김영태의 결기와 강단剛斷이 있었다는 걸 내가 몰랐던 거야.

또 한 가지 보온병에 커피만 마시는 모습에서 커피 편집광적인 고집, 형의 독특한 개성을 엿볼 수 있었던 거지.

특유의 개성미, 허무의 예술혼의 소유자, 초개艸芥 형! 잡지 '춤'을 창간했던 조동화 선생님도 그 나라로 가셨어요. 더러 만나 뵐 수 있었으면 좋겠네. 공연이 있는 날엔 명동 문예극장으로 또 오시구려.

*극장 측에서 김영태 시인을 위해 항상 비워 두었던 좌석번호.

朴利道詞兄惠存

김광협
(1941. 8. 6~1993. 7. 5)

김광협 형, '만년필'은 갖고 가셨나요?

―아버지 쪽 빼닮은 기자 따님 김예령 맹활약 중

김 형, 그 나라에서도 "핑핑 장서방"의 울음소리가 들리오?

우리가 이화장梨花莊이 내려다보이는 이화아파트에서 신혼살림을 차리고 살았던 1960년대 중반, 직업은 신문기자였지요. 그러면서 시를 지어 발표하는 시인이기도 했지요. 그 무렵 형이 지은 시 한 편이 지금도 눈에 뜨입니다.

이것은 나의 윤리이며 괴로움이다.
자유에 대해서는 성실하고
가치에 대해서는 민감하다.
가끔 빈 방황에서 돌아와 울기도 한다.
이것은 나의 모든 착오이며 고독이다.
―「만년필」 전문

「만년필」은 김형이 스스로 지켜 온 기자 정신이 은유화 된 작품입니다. 날마다 마주치는 뉴스 앞에서 자아의 정체성에 대한 자신과의 대결의 산물입니다. 이 시에서 한자로 명기된 윤리, 자유, 가치, 방황, 착오, 고독 등은 기자가 추구하고 행위에 대해 반성하는 기자의 심득사항을 상징하고 강조하는 정신적 의미가 있습니다.

김형, 놀라운 소식 하나 띄웁니다. 경기방송국에 근무하는 김예령 기자, 형의 첫째 따님의 이야기입니다. TV로 중계되는 회견장에서 김기자가 질문하는 장면을 보면서 아연 긴장했지요. 그런데 김기자가 당돌한 질문에 당황하는 대통령의 표정과 어투로 회견장이 술렁이는 장면이 벌어진 것이지요. "(특히 경제적 실정을 묻는 질문에 호도糊塗하는 답변에 대해) 그 자신감은 어디에서 나오는 것인지, 그 근거는 무엇인지 좀 단도직입적으로 여쭙겠습니다."라고 일침을 가한 것입니다.

허언만 일삼던 대통령의 면전에서 들이댄 이 질문이 큰 화제 거리가 되었지요. 일부 언론기관이나 기자들을 '기레기'라고 조롱받는 시류에서 보면 모처럼 정곡을 찌르는 질문, 통쾌한 일격을 가한 셈이지요.

김형! 이 장면을 보면서 '부전여전'이구나 라는 생각이 들었네요. 시 「만년필」에 적시된 기자정신의 유전입니다.

여기, 우리 고장엔 봄기운이 완연합니다. '춘치자명春雉自鳴'이라고 했지요. 형의 시 「천파만파千波萬波」의 몇 가락을 바람결에 불러 봅니다.

보리 한 단을 베어 넘기기 위해서
숫돌의 몇 분지 몇 푼分을 축낸다.
뻐꾸기 소리와 꿩꿩 장서방* 소리가 와
낫의 날과 숫돌 사이에 파도 소리가 와서 먹는다.

…(중략)…

에익, 파도를 넘자, 넘어서 가자.
남정네 한 평생까짓, 파도쯤이야

…(중략)…

이 세상 더러운 세상까짓,
낫 한 자루, 그것이라도 휘두르며 넘어서 가자
  ―「천파만파」에서

  낫 한 자루의 쾌도난마, 만년필 정신의 춘추필법을 생각하
며 그만 적습니다. 안녕히, 안식을 누리시게나.

  *꿩꿩 장서방 : 제주도에서 장끼가 앉았다 날면서 내는 울음소리를 우습게 표
현하는 말.

박 이 도 선생님께

'93. 12. 18

늦봄 드림

문익환
(1918. 6. 1~1994. 1. 18)

애증의 무덤을 넘어
─늦봄 고 문익환 목사님에게

문 목사님, 주후 2020년에 맞는 사순절입니다.

우리는 지금 전 세계에 번진 중국 우한 발發 코로나19 팬데믹에 휩싸여 있습니다. 우리네 백성들은 영육靈肉이 큰 시련에 한숨짓고 있지요. 주님께서 당한 고난과 형극을 묵상하며 참회의 시간을 갖고 있습니다.

특별히 인간 문익환님에 관한 저의 애증愛憎의 세월을 회고합니다. 처음 문 목사님은 대학에서 구약학을 전공하는 학자요, 성서번역자, 나아가 서정시인으로 다가왔습니다. 저는 존경과 친애감으로 충만했지요.

그런데 어느 시기엔가 민주화를 위한 투사(?)로 변신, 북에 잠입해 김일성과 포옹하는 장면이 TV에 등장, 주한미군 철수 등을 부르짖는 영상, 이 장면이 저로 하여금 경기驚起를 일으키게 했습니다. 설마, 성직자의 볼셰비키 혁명이란 말인가?

저는 이제 목사님에 대한 애증의 감정을 정리해야겠습니다. 어쨌건 저는 목사님을 속 깊이 사랑합니다. 『새삼스런 하루』에 담긴 육필서명 시집을 내 생애 끝날까지 소중히 간직하겠습니다.

2020년 4월 3일 고난 주간에.

내가 문익환 목사님을 처음 알게 된 것은 1970년 전후의 일이다. 재직하던 신문사로 전화를 걸어 자신이 시무하는 교회의 주보에 내 시를 가끔 게재하고 싶다는 것이었다. 그 후 내가 옮겨간 고등학교에서 문 목사와 북간도 용정마을에서 유년 시절에 함께 놀았던 친구 김정우金楨宇 선생을 만나게 되었다. 용정마을에서 윤동주도 같이 놀던 친구였다는 사실도 알게 되었다. 또 한 가지, 문 목사님은 나의 고등학교 동기인 문영환 군의 맏형님이라는 사실도 후에 알게 된 것이다.

죽음을 잊을까봐
나는 오지 않는 잠을 청해야 한다

사랑을 잊을까봐
나는 잊고 말 꿈을 꾸어야한다.
—「잊을까봐」

시집 『새삼스런 하루』에 수록된 작품이다. 어떤 대상이건, 눈에 보이지 않는 현상이나 실체는 상상으로 유추할 수밖에 없다. 죽음, 사랑 따위는 엄연히 실존하는 현실적 상황이다. 죽음의 공포를 잊기 위해 사랑의 소멸 실패를 두려워하는 역설과 반어법의 작품이다.

그것은 잔디 씨 속에 이는 봄바람이다.
그것은 언 땅 속에서 부릅뜬 개구리의 눈망울이다.
그것은 시인의 말 속에서 태동하는 애기 숨소리다.

그것은,

그것은 내일을 오늘처럼 바라는 마음이오, 오늘을 내일처럼 믿는
마음이다.

　－「히브리서 11장 1절」

　히브리서 11장 1절은 "믿음은 바라는 것들의 실상이요 보
지 못하는 것들의 증거"로 절대 신앙의 계율이라 할 수 있다.
이 말씀을 시인은 믿음이란 명제를 자연 순리에 따른 생명성
을 연역演繹해 낸 것이다. 믿음이 실상을 환상적으로 형상시킨
가작佳作이다. 산문집 『새 것, 아름다운 것』(1975)도 이 원고를
쓰면서 재독했다. 이와 같이 아름다운 서정시를 썼던 시인
문익환 목사가 단지 민주 투사(?)란 허명을 남기고 이 땅을
떠났다는 사실이 아쉽다.

　"내가 거룩하니 너희도 거룩하라"(베드로전서 1:16)는 말씀
을 문 목사님과 함께 읽으며 참회의 찬송을 부르고 싶다.

　"거기 너 있었는가 그때에 주가 그 십자가에 달릴 때"를.

박 이 도 교 수 님
박 화 목 .

박화목
(1924. 2. 15~2005. 7. 9)

"어느 먼 곳에서 운명이 날 오라 손짓 하네"

—박화목 선생님의 과수원 길을 걸으며

보리밭 사잇길로

걸어가면

뉘 부르는 소리 있어

발(나) 멈춘다

옛 생각이 외로워

휘파람 불면

고운 노래 귓가에

들려온다

돌아 보면(둘러 봐야) 아무것도

보이지 않고

저녁 놀 빈 하늘만

눈에 차누나

—「보리밭」

*괄호 안은 가사용으로 바뀐 것

동구 밖 과수원길 아카시아 꽃이 활짝 폈네

하아얀 꽃 이파리 눈송이처럼 날리네

향긋한 꽃냄새가 실바람 타고 솔 솔

둘이서 말이 없네 얼굴 마주보며 쌩긋

아카시아 꽃 하얗게 핀 먼 옛날의 과수원길

「과수원 길」

　국민 애창곡이 된 「보리밭」은 6.25전쟁 때 부산 피난지에
서 작사한 것. 당시 종군작가단의 일원으로 함께 참여했던
윤용하 작곡가와 어울리게 되었다고 한다. 박화목의 회고록
(KBS사보)에서 1946년 중앙방송에서 이미 함께 근무한 인연
이 있다고 했다. 그 후 1972년에 발표한 「과수원 길」 역시 대
단한 반향을 보여 단숨에 국민 애창곡이 된 것이다. 이 가사
는 김공선金公善 작곡으로 완성한 것이다.

　내가 박 선생님을 처음 대면한 것은 1979년이다.
　박 선생님이 한국크리스천문학가협회(현 한국기독교문인
협회 전 명칭) 회장으로 취임했을 때 나는 그 회원 자격으로
만났다. 그전에는 선생님이 종로 5가에 있던 기독교방송국
근무할 때 주변에 있던 호수다방에 자주 들르곤 하셨다. 그
다방엔 소설가 전영택 선생, 아동문학가 이상로 선생(동아일
보 '소년동아'를 맡고 있을 무렵) 등이 자주 들르던 다방이다.
종로 2가 기독교서회 주변, 그 길 건너 YMCA회관 주변에 기
독교 문인들이 주로 드나들었던 적이 있었다.
　박 선생님께서 작고하시기 몇 달 전의 일이다. 전화를 걸
어 내가 돕던 월간 '창조문예'에 특집원고를 청탁한 것이다.
그 후, 마감 날이 지나도 소식이 없어 다시 전화를 걸었더니
그 부인께서 건강이 아주 안 좋다는 전갈이었다.
　그 때 짤막한 인사를 친필로 써서 그의 초기 시집인 『그대

내 마음의 창가에서』(1960년 12월 간행)에 끼워 넣어 우편으로 보내왔다. 작고하시기 2개월 전의 글씨이다.

어떤 모임이나 사적인 모임에서 식사를 할 때면 으레 "나 맥주 한 병만 마시겠습니다."라고 양해를 구하시던 겸연쩍은 얼굴 표정, 그 얼굴에 잔잔한 미소가 기억에 생생하다.

박이도 형

이승훈

이승훈
(1942~2018. 1. 16)

포커페이스의 암호 찾기
─모더니스트 이승훈의 비대상非對象이란?

시인 이승훈李昇薰 교수는 이지적인 마스크의 신사紳士였다. 말수가 적고 항상 조용한 성품을 가진 포커 페이스였다. 그는 공적인 모임이거나 사적인 모임에서 사람이 많이 모이는 곳에는 별로 참석하지 않는 편이었다.

그런 점에서는 내 성향과 닮은꼴이다. 좀처럼 만날 기회가 없었던 이 형을 우연히 길거리에서 만나 차 한 잔 나눈 적이 있다. 지난 1990년대 후반, 강남역 뒷골목길에서 우연히 마주친 것이다. 그 근처에 사는 아파트가 있어 자주 드나드는 곳이라고 했다.

시인 박찬일 교수와의 대담 기사에서 시론 '비대상'에 대한 질문에 관해 "나는 시는 자신의 자아의 정체성을 찾아가는 언술행위"라는 요지의 답변을 하고 있다. 이어서 비대상이란 자연세계가 아닌 자신의 내면세계라는 것이었다. 그렇다면 시 「당신의 초상」은 비대상의 대상화인 셈이다.

당신은 예수 같고
바다에서 돌아 온
아침 같고 버림받은 애인 같고

수염만 자란 꽃잎 같고
사랑한 꽃잎 같고
무한히 작은 사랑 같고

하늘이 버린 하늘 같고
거대한 사랑 같고
무한히 작은 사랑 같고

아니 어려운 도시에서
수월한 도시로 떠나는
형편없는 천재 같고
예수 같고 목 마르고

아아 나이 서른 셋

비쩍 마른 당신은
바람 부는 저녁
바람 부는 저녁 같고
아침 같고

이 시는 화자를 '당신'으로 대상화한 자화상이다. 시의 시작부터 형용사 '같다'를 연발하며 스스로의 내면 속의 자아를 관찰하고 있다. 시의 끝까지 '같고'로 이어지다가 끊긴 상태로 멈췄다. 결국 미완의 상태이다.

그의 첫 시집 제목이 『사물A』이다. 모더니스트를 자처했던 이 시인의 실험시편들이 수록된 것이다. 일찍이 서구의 모더니즘을 한국에 이식시킨 김기림은 "시는 (가슴에서 우러나는 정서적 발화 내지 폭발력의 산물이기보다는) 만들어 내는 것"이라고 강조했던 적이 있다. 이승훈의 인식론적 시론인 '비대상'은 분명히 그의 아방가르드 문학을 대변해 주는 시론으로 보인다.

사나이의 팔이 달아나고 한 마리 닭이 구구구 잃어버린 목을 좇아 달린다. 오 나를 부르는 깊은 생명의 겨울 지하실地下室에 선 더욱 진지眞摯하기 위하여 등불을 켜놓고 우린 생각의 따스한 닭들을 키운다. 새벽마다 쓰라리게 정신의 땅을 판다. 완강한 시간의 사슬이 끊어진 새벽 문지방에서 소리들은 피를 흘린다. 그리고 그것은 하이얀 액체로 변하더니 이윽고 목이 없는 한 마리 흰 닭이 되어 저렇게 많은 아침 햇빛 속을 뒤우뚱거리며 뛰기 시작한다.

─「사물A」

한계상황 속에서 실재적이거나 상상의 편린들이 발아發芽한다. 시적 화자는 소외, 불안 따위의 절박함을 희화화하고 있다. 시어들은 난수표 같은 기호로 존재한다. 이 같은 작품은 독자를 의식하고 쓴 것이라고는 볼 수는 없다. 그렇다면 누구를 위한 시인가. 화자 스스로를 관찰하는 독백이다. 마치 파스칼이 "자신이 비참하다는 것을 아는 것이 곧 위대한 것"이라는 말을 이승훈은 알았을까. 분명 그는 알고 우리들과 하직했을 것으로 믿는다. 이 형, 시인의 낙원, 그곳에서 환하게 웃는 표정을 보여주시길….

letters

　　박 형, 아니 이도利道 형, 1월 30일자 편지 잘 받았소.
일기가 불순하다는 서울에서 건강은 어떠하오. 나는
잘 있소. 그동안 형의 편지를 받고도 회답을 내지 못한
것 너그럽게 보아주시오. 나도 우리나라에 있을 때는
해외에 나가자마자 편지가 없는 친구들을 욕했지만 정작
나와 보니 별 수 없구료. 유람차 나왔다면 별문제겠지만
매일처럼 책에 시달리는 데다가 징기적으로 집과 약혼녀,
때로는 대사관에 편지를 내다 보면 편지지 꺼내기가 정말
지겨워집디다. 그저 한 번 욕을 해 버리고 편지 자주 받은
마음이 되어 주시오. 아마 형은 욕도 안 하겠지만….

　　그 동안 외로운 김에 쓴 시詩가 좀 있소.
무無테크닉이랄까, 그런 시요. 2월 말까지 보내리다. 그리고
돈은 3,000원 3얼 1일에 형에게 수교手交하라고 부친께
편지하겠으니 그곳에서 직접(2월 말에) 부친께 전화
연락해 주시오. 교정은 일체 맡길테니(협박 공갈임) 알아서
하시오.

　　며칠 전에 현이에게 편지를 하고(주소가 없어,
신출귀몰하는 기억력을 총동원하여 보냈음)나서
'현대문학' 12월호를 배편으로 받아 문단인주소록을 보니
주소가 틀렸잖겠소. 그래 기분이 써늘해서 다시 편지를
하려고 했는데, 웬걸 그 다음날 현이에게서 편지를 받아
보니 내 기억력이 보통 아님을 알고 자축하는 의미에서
맥주를 한 잔 했소.

늦어도 내년 여름까지는 돌아갈 생각이오.
세익스피어도 좋고 제임스 조이스도 좋지만 내 정신이
너무 서구화西歐化되면 곤란할 것 같구료.『사계』제3집을
내가 돌아가서 내 손으로 한 번 편집해 보고 싶은데 형의
의견은? 허지만 제2집은 빨리 내 주시오.

이곳은 겨울이 겨울답지 않고 비가 오다 날이 개다
바람이 불다 꼭 사춘기에 접어든 처녀애 같소. 전에 여학교
담임을 맡았던 때의 기분이오. 형이 "감기가 유행이다오"
식으로 편지를 썼기 때문에 "나도 편지 잘 받았소"로
받았지만 앞으로는 말을 서로 놓읍시다. 이곳 소식은 차차
알리기로 하고 서울 문화계 소식이나 주시오.

1967. 2. 6 황동규

詩集 I

金丘庸 詩集

김구용
(1922. 2. 5~2001. 12. 18)

희미한 기억 속에 온유돈후溫柔敦厚한 시풍

―김구용 시인의 유불儒佛 사상에 기반한 시적 행적

김구용金丘庸 선생님을 자택으로 찾아간 것은 1960년대 중반이었다. 대학을 마치고 직장생활 초년생이었을 때다. 연초에 시우詩友 둘, 셋이 돈암동(성신여대 아래)의 자택으로 물어물어 찾아갔다. 개인 전화가 흔치 않을 때이니 불시에 찾아간 것이다.

아담한 한옥인데, 방안은 깨끗이 정리되어 있었고 장판구들 바닥은 따뜻했고 차와 한과를 내어 주셨다. 어떤 내용의 말이 오갔는지도 깜깜하다. 단지 세배를 드리고 차를 마시고 나온 기억이 전부이다.

지금 생각하니 당시에 김구용 선생은 별로 나다니지 않고 자중하는 은둔거사隱遁居士로 보였다. 더구나 선생님의 시작 자세도 시단의 주류랄까 하는 대다수의 경향과는 궤를 달리했다. 한학으로도 일가를 이룬 특유의 존재였으며 유불 사상이 짙게 바탕에 품고 있는 온유돈후溫柔敦厚한 시풍으로 산문시를 즐겨 쓰는 대가풍大家風의 시인이었다는 것만이 각인되어 있다. 온유돈후한 시풍이란 직설적이 아닌 은유와 상징을 주로 취했던 한시풍의 한 흐름을 뜻한다.

우리는 2020년을 중국의 폐렴 바이러스로 세계적인 팬데믹 상황을 맞이했다. 죽음과 공포의 신종 바이러스가 지구 상의 인류를 사망의 골짜기로 몰아넣고 있다. 이와 같은 상황의 데자뷔를 보는 듯한 시 「뇌염」을 골라 음미하고자 한다. 70여 년 전에 쓴 작품이다.

몸 안에서 하얀 세균細菌들이 불가해不可解한 뇌를 향연하고 있다. 신음과 고통과 뜨거운 호흡으로 자아의 시초이던 하늘까지가 저주에 귀결歸結하고, 그 결화結火의 생명에서 이즈러지는 눈! 피할 수 없는 독균毒菌의 지상地上이 시즙屍汁으로 자라난 기화奇花 요초瑤草로서 미화美化하고, 구름을 뚫는 황금빛 안경과 울창한 냄새가 해저처럼 만목滿目되어 절규도 구원도 없다.

이때에 뇌염 환자는 운명殞命하는 것이다. 곁에는 처자妻子도 없이, 송장 위에 송장이 누적累積할 따름이다 …(중략)…

순수한 빛(光)의 영역에서 검붉은 파상波狀을 일으키며 헤엄치는 세균들은 그들 각자의 순수한 빛을 완성하려는 지향이었다. 생명이 생존하는 생명을 침식侵蝕하며 번식하고 있다. …(후략)…

「뇌염」

세균 뇌염으로 인해 우리가 겪는 고통과 죽음의 확산에 인간은 속수무책이다. 예고 없이 인체에 들어와 죽음에 이르게 하는 과정을 서술하고 있다. 한자漢字 시어들이 주는 이미지는 강한 상상력을 키워 준다.

김구용의 시편들에는 유난히 한자어가 많다. 한자어를 맥락으로 이해도를 높이는 예가 될 수 있다. 애매성曖昧性이 뒤섞인 작품이다. 문맥의 흐름에서 시대를 넘어 빚어지는 문명충

돌에 해당하는 면을 되짚어 보게 되는 작품이다.

한국시협 세미나가 춘천에서 있었던 1990년대 어느 해의 일이다. 세미나를 마치고 각자 자기 방에 들어가 취침하는 늦은 시간이었는데 느닷없이 방문이 열리고 방안으로 소피를 보는 분이 있었다. 알고 보니 김 교수께서 취중에 그만 화장실로 착각하고 실례했던 에피소드를 남겼던 적이 있다.

김 교수의 제자이며 성균관대학교 국문학과에 같이 근무했던 강우식 교수에 따르면 선생님이 약주를 즐겨하셨기에 자신도 덩달아 선생님을 모시고 다니던 추억을 말해 주었다. 한편 강의 시간만큼은 결강 없이 성실히 임하셨다고 증언한다. 김 교수는 유년시절 병약한 몸으로 금강산 등 깊은 산사에 머물며 유.불교의 사상을 수학修學해 결과적으로 한문학에도 조예가 깊었다고 증언한다.

그것들

김종길 시집
서정시학 서정시 101

김종길
(1926. 11. 5.~2017. 4. 1)

惠送著 詩話集 고이.

인생ㄴ 좋 받아나

감사합니다.

黑白者目에서 後

諸世界는 廣汎하나

다만 詩 精神이

한 詩精神이 향기로

오나다. 健安과 健

筆을 빕니다. 草 2

十一月廿二日

金宗吉

朴利道 詞伯 笑收

著者 著者

54

정신적 사표가 되어 주신 고고한 선비정신

−한시와 영시를 두루 창작한 김종길 선생

김종길金宗吉 선생님에게 한시 한 수를 청탁하게 된 것은 의외의 계기였다. 내가 돕던 월간 '창조문예'에 한시특집을 기획하고 한국한시협회에 문의하는 과정에서이다. 한시협회에서 김 선생을 고문으로 추대하고 있음을 알게 되었다.

김종길 시인은 영어, 한문, 한국어 등 3개 언어로 시를 창작하는 분이었다.

寄滯美孫兒기체미손아

祖孫萬里各西東조손만리각서동　寤寐相思夢亦通오매상사몽역통
携手逍遙記憶裡휴수소요기억리　開胸談笑希求中개흥담소희구중
自然風習他邦俗자연풍습타방속　必是生疎故國風필시생소고국풍
季世物情人槪嘆계세물정인개탄　吾家長幼古來同오가장유고래동

미국에 체류하는 손자에게

조손은 동서로 멀리 떨어져 있어
자나 깨나 그리며 꿈에도 보네.
손잡고 거닐던 일 기억이 나고
가슴 열고 담소할 날 바라고 있네.
자연히 일찍 익힌 외국의 풍습,

제 나라 풍습에는 생소生疎하겠지.
말세의 물정은 개탄을 하지만
우리 집 어른 아이는 예대로이지.

우리 선조들은 이미 삼국시대부터 한시를 많이 지었다. 과거제도를 통해 인재를 등용시키던 역사에서 지식인의 덕목 중 하나가 바로 한시 짓기였다. 이것은 우리 문학사에서도 소중한 자산이 될 수밖에 없다.
한시가 현대문학에서도 그 전통을 이어나가길 바라는 마음 간절하다.

닭 같은 건 키울 리 없는
서울 변두리 마을인데, 한 낮에,
무시로 수탉 울음소리가 들려온다

조용한 마을이라
꼬끼오 하는 소리가 얼마나 큰지,
그 고요를 깨뜨리기라도 하기 위해 우는 것만 같았다

…(중략)…

누가 대문간에서 벨을 누르는 것이 아닌가!

인터폰으로 "누구세요?" 하고 물었더니,
구청에서, 민원이 들어와, 나왔다는 것이다.
"무슨 민원인데요?" 하고 물었더니,

우리 집에서 닭이 울어 시끄러워서라는 것이었다.

…(중략)…

각박하고 경솔한 이웃 인심에,
그저 어안이 벙벙할 따름이었다.
　―「닭울음소리」(월간 '창조문예'(2015년 4월호)에서

나의 아침 산책은 대개
수유리 01번 버스 종점 맞은 편,
커피 자판기 옆에 놓은 벤치에서 끝난다

…(중략)…

오늘 새벽엔 기온이 영하 4, 5도로 떨어져
그 벤치엔 먼저 온 사람도 없고,
간밤에는 젊은이들도 오지 않은 듯

…(중략)…

그러나 벤치는 오늘 아침 비어 있지 않다.
거기엔 언제 떨어졌는지 가랑잎이 한 잎
나보다 먼저 와 자리를 차지하고 있다.
그래서 나도 그 옆에 말없이 걸터앉았다.
　―「가랑잎」

　앞의 두 편은 근년에 들어와 쓴 작품들이다. 노년에 겪는
일상의 에피소드들을 다루고 있다. 무료하고 지루하게 느껴

질 하루하루에서 화자에겐 허무감이 짙게 드러난다. 생의 막다른 뒤안길에서 느끼는 무상함을 일기를 쓰듯 담담한 어조로 적고 있다. 마치 자신의 속내를 이야기하듯 술회하고 있는 것이다.

김종길 선생은 한국시인협회 회장으로 추대돼 한국시단의 대표직을 맡았던 적도 있다. 1960년대와 1970년대를 지나오면서 그는 시단의 정신적 사표가 된 어른이시다. 올곧은 성품의 고고함으로 한 시대의 사표가 된 어르신의 떠남은 한국 문단의 큰 손실이 아닌가. 삼가 선생님의 명복을 빕니다.

letters

박이도 선배께

창작과비평사에서〔서 내신 홀로상수리마누를 바라볼
때 잘 받았습니다.
내내 그렇게 평안하소서.

　　　　　　　1991년 4월 28일
　　　　　　　월계동에서 박남철 드림

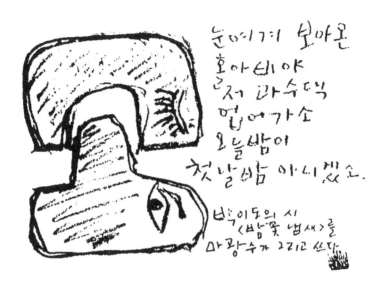

눈에 기 보아온
호야 테야
은저 과수막
열어가소
오늘밤이
첫날밤 아니겠소.

박이도의 시
〈밤꽃 냄새〉를
마광수가 그리고 쓰다

마광수
(1951. 4. 14~2017. 9. 5)

누가 마광수를 죽였는가

─유서가 된 메멘토모리, 광마疯馬 왜 그랬어?

나는 자연인 마광수馬光洙를 사랑한다. 아니 그에 대한 연민의 정을 거둘 수가 없다. 세상에 태어날 때 자기 스스로의 사유와 행동에 관한 원리를 갖고 태어나는 것이 천부天賦의 인권이라는데…. 문명사회의 법과 제도들은 천부의 인권과 선의의 충돌이 발생할 수도 있다. 이는 인간이 평등하게 태어났지만 모든 인간에게 적용되지는 않다는 뜻이기도 하다.

누가 광수를 죽였는가?

예수님은 말씀하신다.

"너희 중에 죄 없는 자가 먼저 돌로 쳐라"

음란행위를 하던 여인을 끌고 와서 예수를 시험했던 자들, 서기관, 바리새인들에게 내린 설법이다. 여인을 끌어 왔던 무리들은 모두 뒤꽁무니를 뺐다. 이들이나 음행한 여인이나 모두 생래의 선한 양심소유자들이 아닌가. 이들은 율법을 신봉하는 서기관 바리새인들이다. 이들의 양심과 음행한 여인의 양심을 저울추에 달아본다면 어느 쪽이 법적인 죄가 무거울까. 당연히 현행범인 음행한 여인이 무거울 것이다. 이런 판단에 대해 예수님은 지혜롭게 용서와 사랑의 본질에 의한 판결을 내렸다. 세상과 법정이 마광수에게 내린 조롱과 범법적(?) 판결은 '선한 사마리안 법'으로 합리화될 수 있을까. 즉

각적인 판단이 어렵다.

> 우리는 태어나고 싶어 태어난 것은 아니다
> 그러니 죽을 권리라도 있어야 한다
> 자살하는 이를 비웃지 말라, 그의 좌절을 비웃지 말라
> 참아라 참아라 하지 말라
> 이 땅에 태어난 행복, 열심히 살아야 하는 의무를 말하지 말라
> 바람이 부는 것은 바람이 불고 싶기 때문
> 우리를 위하여 부는 것은 아니다
>
> …(중략)…
>
> 자살자를 비웃지 말라, 그의 용기 없음을 비웃지 말라
> 그는 가장 용기 있는 자
> 그는 가장 자비로운 자
> 스스로의 생명을 스스로 책임 맡은 자
> ―「자살자를 위하여」

마광수의 유언이 된 메멘토모리. 생의 무의식 속에 잠자는 본능의 욕구를 끄집어내어 계속 까발리는 성담론 탐구자. 그가 집요하게 집착한 성담론은 그의 종교가 되었을까. 그를 따르던 잠재적 신도들은 얼마나 허무하고 외로웠을까. 부박한 세태, 경박한 호기심 따위를 어떻게 볼 것인지.

인터넷에 작가 공지영 씨가 남긴 마광수 교수에 관한 카톡한 토막.

'대학 때 부임해 왔던 마광수 교수, 1987년 잠깐 국문과 대

학원 진학했을 때 나보고 뻔뻔하다면서 "넌 그렇게 니 얼굴에 대해 오만하냐?" 했다. "여자는 그저 야해야지" 지금 많이 늙었겠지.'라고 마교수를 회상하고 있다.

　흐르고 있네요, 우리의 기억들이
　강물처럼, 밀물처럼, 우리의 아픔들이
　하지만 마지막 순간이 빛날 수만 있다면
　모든 것은 아름다워요.

　헤어지는 것을 아쉬워하나요.
　잊혀질 날들을 두려워하나요.
　아, 어차피 인생은 한바탕 연극인 것을,
　우리의 가슴과 가슴을

　다시 한 번 맞대 보아요.

　웃음처럼 통곡할까요,
　통곡처럼 웃어볼까요.

　모든 것은 꿈,
　모든 것은 안개 속 꼭두각시 놀이.

　…(중략)…

　모든 것이 흘러가는 이 시간 속에서도
　빛바랜 언어들이 쌓여질 수 있다면

기억속의 외로운 그림자들이
다시금 우리 가슴에 내려앉는다면
우리는 언제나 행복할 수 있어요.

…(하략)…

—「이별」

감정의 서정시, 성애性愛 묘사로 품격 있는 서정시가 된 작품이다.

다재다능했던 몽상가 마광수는 한국 시단의 고전적 전통주의, 경세적 엄숙주의 따위를 조롱한다.

1980년대 초, 마광수의 처녀시집 『광마집狂馬集』의 출판기념회가 열린 명동 주변의 한식점에서 처음 만났다. 광수의 얼굴 표정은 졸리운 사람 같았다. 내가 나온 대광고등학교의 한참 후배였다. 내가 시집 출판을 축하한다는 인사말에 잠시 뜸을 드리더니 "선배님, 학교 선생님들이 하는 말씀 많이 들었습니다."라고 했다. 그는 시집에 미칠 광狂 자를 넣어 스스로 필명으로 사용했다.

그가 말한 '학교선생님'이란 작가 이범선 선생님을 말한 것으로 짐작된다.

그 후 세간엔 19금급 음란물 수준의 작품을 계속 발표하며 사회적 풍속사범으로 쇠고랑을 차는 기이한 현상이 일어나기도 했다.

그의 근황이 한동안 뜸했다. 내가 시서화전을 준비하면서 마 교수에게 내 시에 삽화를 곁들인 서화를 부탁했더니 두 폭을 그려 보내왔다. 친필 서명한 『광마집』은 분실한 듯 찾지 못해 아쉽다. 대신 마 교수가 그려준 서화 한 폭을 보여 드린다.

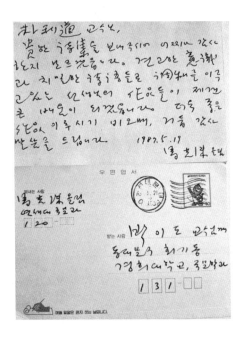

백이도 파 키하
황 효뗭 드림

황석우
(1895~1959)

지구에서 본 우주 공간, 환상적인
관찰과 상상력

– 재기발랄했던 '상징시인' 황석우

'폐허' 동인이었던 황석우黃錫禹의 시집 『자연송自然頌』을 입수한 것은 1990년대 중반 인사동의 한 고서점에서였다. 책 보관 상태는 좋지 않았다. 책표지는 이미 떨어져 있었고 종이는 부분적으로 부서져 버린 상태였다. 판권란에는 소화 4년(1928년) 11월 19일 초판 발행. 소화 5년 2월 10일 3판으로 적혀 있다.

황석우 시인의 3남 황효영 선생을 만난 것은 미국 워싱턴 D.C.에서였다. 그는 어렸을 때 어머님이 미국에 사는 딸을 따라 떠나갔고 아버지 황석우 시인은 항상 밖으로 나다니는 탓으로 외롭게 자랐다고 술회한다. 그의 증언에 따르면 해방 전후 명륜동 자택엔 고古서화들과 도자기류 따위가 많았었는데, 선친께서 잘 보관하지 못해 해방 이후 대부분 소실되었다고 했다. 또한 선친께서는 문우들과 밤늦게 술 마시고 귀가하는 날엔 명륜동 파출소 순경이 집에까지 안내하는 경우도 많았다고 했다. 신익희申翼熙 선생을 모시고 정계에 몸담기도 했으나 그 기간은 오래 가지 않았다. 신익희 선생이 주도적으로 설립한 국민대학교에서 교학처장을 맡는 등 대학으로 옮겨 일하기도 했다.

그의 외할아버지가 고향 함경도에서 화전민 5백여 명을 만주로 이주시킨 일화도 있었다. 이 사실이 당시 신문기사로 남아 있다고 했다.

황석우 시인은 시집 『자연송』(1929년간) 서문에 '자연을 사랑하라. 자연을 사랑하지 못하는 자는 사람도 사랑할 참된 길을 알지 못한다. 사랑을 배우는 세례洗禮는 자연을 사랑하는 광야 우에서 받으라'는 글과 자서自序엔 '이 시집을 진경真卿 누이에게―'라는 제목 하에 "…(전략)… 나는 이 시집을 나를 길러 주기에 남이 용이히 따르지 못할 모든 눈물겨운 불행한 운명과 싸워 온 진경 누이와 또한 가난한 생에 가운데 한恨 깊게 돌아간 망모亡母의 고적한 영전에 엎디어 바친다."는 헌사의 글을 남겼다.

우주의
태양계는
별의(세계의) 금강산

태양계의
지구는 꽃 만발한
우주의 소小낙원, 소小이상향.
―「태양계, 지구」

태양은 하늘의 오른쪽 눈
달은 하늘의 왼쪽 눈

하나는 빨갛고
하나는 푸르고
하나는 낮의 눈
하나는 밤의 눈
태양은 오빠, 달은 누이
지구는 그 눈썹 사이를
오빠와 누이가 다툼을 하지 않도록
옆으로 돌아가는 물레방아처럼
매일 밤낮으로 부지런히
빙글빙글 돌리고 있습니다
구름은 하늘의 큰 입으로부터 토해져 나오고
바람은 그 두 바위굴 같구나.
　　ー「어린애의 하늘 위 자연의 설명」 (번역 이무권 시인)

　서시가 된 「태양계, 지구」는 한국어로 쓴 것이고 「어린애의
하늘 위 자연의 설명」은 일어로 쓴 시이다. 이 두 편을 적시
한 것은 두 편 모두 태양계와 더 나아가 우주 공간을 대상으
로 다룬 작품이기 때문이다. 이처럼 황석우 시인은 우주 공
간 자연의 비경을 관찰하고 탐험하는 시적 환상적 이미지를
이 시집에 담았다. 그만의 특유한 세계이다.
　문단 동년배 작가였던 박종화朴鍾和 선생의 회고록에 다음
과 같은 대목이 있다.

　'폐허' 창간호에 실린 황석우의 「석양은 꺼지다」는 백금 같
은 예지와 현란한 미적 감각으로 교착된 재기발랄한 상징시

라 하겠다. …(중략)… 그는 재才는 많으나 덕이 박했다. 좋은 제자를 두지 못한 탓으로 그의 시를 후세에서 알아 주는 이가 드물게 된 것은 유감이라 하겠다. 그러나 시의 생명은 길다. 그의 시는 결코 소멸되지 않을 것이다.

나는 황효영 선생과의 인연으로 황석우의 대역 영역시선집 『웃음에 잠긴 우주』(시간의 숲 출간)가 조신권 교수의 번역으로 출간한 바 있다.

letters

덕택에 잘 지내고 있소. 여러 가지 일이 모두 뜻대로 잘
되고 있는지요. 박 형 원고를 못 써드리고 와서 미안하기
짝이 없습니다. 『사계四季』는 어떻게 되었는지, 돈은
박태순朴泰洵에게 상의해 보십시오. 틀어박혀 앉아 있으니
도무지 여러 소식에 담을 쌓고 있는 형편이라오. 그러나
역시 서울에 오랜 근거를 둔 몸, 어디 가나 별 수 없는 한국
놈인 내가 어찌 한시라도 그곳 생각이
　안 나겠소. 이곳은 유명한 Berkeley대학 권으로
'히피와 벌리'로 알려졌지만 한국에서 생각했던 것처럼
그렇게 요란스럽지는 않은 것 같소. 서울이 그리워서
오래 못 있을 것 같소. 박 형의 건투를 빕니다. 앞 장의
oakland는 여기서 쭉 내려간 곳의 도시.
　　　　　　　　Berkeley에서. 김주연金桂演

朴利道 先生

河喜珠 드림

하희주
(1926. 4~2020. 10)

"올바른 말은 올바른 정신을 낳습니다"

−필체에서 인품이 풍기는 눌당訥堂 하희주 시인

시인 하희주河喜珠 선생님과는 일면식도 없었다. 1960년대 초에 서정주 선생에 의해 추천받은 분으로 그 함자를 익히 알고 있었다. 언제였는지 선생님께서 『바른 말 바른 글』이란 한글 문법풀이 책을 부쳐주셨다. 책표지를 열어보니 붓으로 쓴 필체에 내 시선이 꽂혔다. 이렇게 정갈하게 정성껏 써 주신 글씨를 보니 정신이 퍼뜩 드는 것이 아닌가. 순간 황공무지惶恐無地함에 나도 모르게 머리 숙여 절을 했다. '박이도朴利道 선생 하희주河喜珠 드림'이라고 붓으로 쓴 친필 서명이다.

나는 지금까지 많은 기증본을 받아 왔다. 또 답례로 내 시집 등에 상대방의 함자와 그 밑에 내 이름을 써서 보내 드렸다. 받은 친필 중에는 서예가의 필체를 방불케 하는 달필이거나 자연스레 흘림으로 쓴 것들도 있다. 지금까지 내가 보낸 서명본들을 상대방께서 받아 보고 어떤 인상을 받았을까를 생각하니 모골이 송연해진다.

필체연구자인 구본진 변호사에 따르면 "필체를 바꾸면 인생이 바뀐다"고 했다. 이 말을 뒷받침하듯 눌당 하희주 시인은 "올바른 정신은 올바른 말을 낳고, 올바른 말은 올바른 정신을 낳습니다" 하고 서문에서 신념에 찬 주장을 했다. 이는 말과 글이 화자의 운명을 좌우할 수 있는 것처럼 필체도 인생의 방향을 바꿀 수 있다는 이치이다.

눌당 하희주 선생께서 저서를 부쳐준 것은 내가 어느 잡지에 월평을 쓰던 과정에 선생님의 작품을 다뤘었는데 그에 대한 답례로 보내주신 것이었다.

이 글을 쓰기 위해 눌당의 두 번째 시집이자 영면 하루 전에 세상에 빛을 봤다는 『사바의 꽃』(1994)을 구하려 인터넷으로 구입 메일을 보냈으나 모두 품절이란다. 결국 내가 소장하고 있는 '문예' '현대문학'을 뒤적여 추천 작품을 옮길 수 있었다.

그 천년의 울타리를 벗어나기 위하여, 둘레도 없는 하늘빛이 모여드는 복판을 염慾하여 깃 다듬은 나의 새 하늘을 파고든다.

가지록* 끝이 없는 수많은 층계 우에 항시 마지막 발디딤 너머 간극 없이 충만한 극광極光의 초점들이 운한雲漢처럼 번져 있는 아 여기 무한의 가장자리에 그 무수한 궁창穹蒼의 복판들을 피하여 수은 방울처럼 나동그라지는 나의 그림자…. 찰나마다 하늘의 복판이로되 찰나마다 비껴서는 나의 자리여!

돌아보는 천년은 하루였고 나의 북두北斗는 자정이 가까워라. 내 영혼의 마지막 일순의 직전에 서서, 돌아가는 자루가 영원히 제 자리에 바라볼 일점을 더듬어 외마디 소리 천년을 울음 운다.

아, 의식의 간살을 누비질하는
이웃이여!
그 투명한 것이여!

차라리 벽도 없는 설움이여!
　　　　　　　－「학려(鶴唳)」

*가지록 : '갈수록'의 고어

꽃 이파리에 스며들거나?
가지 끝에 흔들어 보내고,
바다 위에 잠잘거나?
물결이 몸을 뒤쳐 밀어 보내고….

-저무는 하늘가에 날 거둬 줄
실오래기 하나 없소이다.

벼락을 짝하여 쪼개 내리야?
억센 바위 속에 날 거둬 줄
꽃 이파리 하나라도 값아 있다면.
벼락으로도 못할 쇳덩이라면
억만(億萬) 년을 두고라도 갈아 내리라
피 흘리는 살결을 문질러 가며…(하략)…
　　－「바람의 노래－나뷔야 청산 가자 범나뷔 너도 가쟈―고가(古歌)」
　　(1958년 '현대문학' 신년호에서)

　　앞의 두 작품은 최종 추천작인데, 서정주 선생은 추천사에
서 "…그의 정신의 귀화, 그의 신체 윤회의 자각 － 다 달사達
士의 것이요. 표현도 거획巨劃이요 또 영롱의 경지에 접어들어
있다."고 썼다.

무한 공간, 영원 속의 한 순간을 학의 울음으로 표상한 것이다. 생을 사바세계의 인간관계에서 느끼는 '의식의 간살' 그 간교함을 보고, 느낀 화자의 참회기로 보인다. 「바람의 노래」는 고시가의 어법과 운율에 젖은 고풍스러운 작품이다.

눌당 선생님을 한 번 뵙고 싶다는 생각을 하고 있었는데, 끝내 뵙기 전에 영면하셨다.

letters

글이 곧 그 사람이라는 말이 있다. 그 말이야말로
박이도 시인을 위해 있는 게 아닌가 싶다. 그만큼 박
시인의 인간적 품격과 시의 격조가 혼연일체로 아름다운
조화를 이루어내고 있다. 성직자적인 고요한 미소로
평생을 살아온 고운 마음의 소유자 박 시인의 시편들은
그 미소처럼 담백하고 고결하며, 그 마음처럼 순결하고
고아하여 우리에게 크나큰 위로를 준다.

조정래

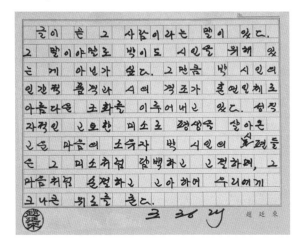

박이도 남계 드림

송수남
(1938~2013)

한지에 먹물이 스며들 때 - 무아無我의 경지에
-수묵화의 대가 송수남 형에게

남천南天 송수남宋秀南 형!

저세상으로 떠나간 지 벌써 7년이 지났군 그래. 형이 지향했던 정토淨土에서의 일상을 그려 보네. 사바세계에서 살 때도 "새벽에 붓을 듭니다. 욕망과 번뇌가 미처 생겨나지 않은 이 새벽에 붓을 듭니다. 해가 뜨고 세상이 깨어나면 공연히 바쁘고 번잡해져 헛된 욕심에 노여움까지 더해져 고운 먹색이 탁해질까 두려워 새벽에 붓을 듭니다."하고 고뇌를 말하지 않았던가.

형의 마지막 저술인 2012년에 낸 『세월의 강 수묵의 뜨락에서』를 지금 다시 펴놓고 형의 체취인양 수묵의 향내를 맡아보고 있어. 아니 형의 숨결을 느끼는 심정으로.

형은 이 책의 서문에 "…언제부턴가 나는 시를 사랑하게 됐고 습작하는 버릇이 생겼다. 수십 편의 작품의 시가 곁들여지기를 기다리면서 묵향에 묻혀 있다. 오래 전부터 준비해 왔음이 분명한데 그림 그리듯 시는 쉽게 써지지가 않아 안타깝기 짝이 없다. 내 그림은 결국 이런 안타까움의 모양을 빌어 표현하는 시의 또 다른 모양인 셈이다."라고 기술하고 있으니 놀라운 일이네.

남천 형, 우리가 처음 만난 것은 명동의 '돌체' 음악감상실이거나 신촌 이대 주변에서였지. 1960년대 초 신촌에는 마산에서 올라와 학업 중인 문학도들 송상옥, 이제하 등과 홍대 회화과에 재학하던 송수남 등이 자주 어울리던 터였지. 또한 명동 돌체 음악감상실에도 자주 들러 어울리던 터였고. 그 무렵 남천이 어느 수묵화 전시회에 출품한 작품을 보고 당시 주한 독일 대사가 남천의 수묵화를 극찬하는 평을 어느 신문에 기고하면서 친구들 사이에 송수남의 존재감을 한껏 올렸던 기억이 오래 남아 있어.

나는 1975년 세 번째 시집 『폭설』을 낼 때 남천에게 표지화를 그려줄 것을 부탁해 그림을 받아 넣었지. 남천의 서명본이 아닌 그의 표지화가 들어간 시집 『폭설』『세월의 강 수묵의 뜨락에서』의 부제는 '남천 송수남의 시가 있는 그림'이지. 그림(추상)을 시로 썼고 언어의 추상성을(상징) 발상해 그림을 그리는 탐험을 한 것이 아닌가?

이 시화집엔 「세월의 강」「그리움의 언덕」 등 모두 8장으로 나누고 147편의 시를 수록하고 있지. 연작시 형태로 쓰여진 시편들은 묵상하는 잠언시가 되었고. 형은 제2장 '살며 살아가며'의 앞글에서 "…선비정신은 자신의 주장을 성급하게 획득하려 하지 않고 한발 뒤로 물러설 줄 아는 여유입니다."라고 말했지. 이 대목을 읽으며 형의 영혼 깊숙이 새겨 두었던 비망록을 훔쳐 읽는 듯해 옷매무새를 바로잡게 돼. 여기에 시편 가운데 경문시經文詩가 될 법한 몇 수를 적어 보네.

—한국의 문화나 한국인의 솜씨를 이해하려면 나물을 먹어봐야 한다. 달래, 냉이, 꽃다지, 쑥, 미나리, 씀바귀, 두릅, 더

덕, 고비, 도라지, 원추리, 취나물 등 이루 헤아릴 수 없을 만큼 많다. 나물들은 각기 맛이 다르다. 나물과 양념이 잘 섞이도록 다섯 손가락을 이용해 잘 무쳐야 제 맛이 난다. 나물을 무쳐내는 여인들의 손끝이 매우 예술적이고 감각적이다.

-세월이 가면
늘 모자란 것이 인생/ 술에 취하듯/ 지난 세월을 안주 삼아/ 세월 없는 세월을 살아 보자

-수묵을 알면 알수록/ 마음은 조용해진다/ 수묵을 알면 알수록/ 행동은 조심스러워진다/ 수묵을 볼 수 있는 사람은/ 생각이 깊은 사람이다.

−이른바 수묵화 운동은 수묵을 통한 동양의 고유한 정신을 추적하고 그 정신이 오늘날 한국 회화의 방향에 어떤 구심 역할을 할 수 있는가를 숙고해 나가자는 일종의 문화적 자각이다. …(중략)… 전통은 옛 형식 속에 있는 것이 아니라 정신속에 있다. 고여 멈추지 않는, 살아서 생동하는 정신 속에서 전통은 이어지는 것이다.

남천 형! 평안을 누리시게나. 이렇게 소식 전할 수 있는 기회에 되돌아보니 옛정이 새롭네그려.

⋯시인들도 많고 시집들은 더욱 많지만 자신의
시세계를 일구어가며 한결같은 수준으로 반세기 동안
쉼 없이 작품을 창작하고 발표해온 시인을 보기란
결코 수월치 않은 일인데, 박이도 형은 조용히 그러나
집요하게 자신의 시세계를 키워가면서 12권의 시집을
상재上梓했습니다. 또 우리나라의 그 많은 기독교 신자들
가운데 맑은 영혼으로 어지러운 세상을 깔끔하게 살아가는
분들은 의외로 많지 않은데, 박이도 형은 교회 장로로서의
복자다운 생애를 살아오며 정결한 크리스천의 모범을
보인 분입니다. 시인으로서, 그리고 기독교도로서 함께
가지기가 그만큼 더욱 어려운 일인데, 박이도 형은 이 두
가지 아름다운 정신적 지향을 하나로 모아 더불어 살아온
아주 드물게 아름다운 삶을 살아온 분입니다. 그런 뜻에서
오늘 박이도 형의 시 전집 간행은 우리 문단 사정으로나
기독교 문화의 정황에 비추어 특별한 축복이 내려진
사건이 될 것입니다. (⋯중략⋯) 시인으로서의 박이도 형의
명성은 화려하지 않습니다. 그는 도전적인 실험으로 시적
전통을 바꾸겠다는 야심을 드러내지도 않았고 화려한
언사로 시인의 내면을 과장해서 장식하지도 않았습니다.
그는 다만 "어둠 속의 빛을 캐내는 언어의 갱부"로
자임하면서 지상地上의 가치, 최상의 순수, 최고의 진실을
지닌 언어의 빛을 추구하고 있음을 밝히고 있습니다.
이 작업은, 시야말로 이 세계의 진실을 밝혀내는 가장

（주）문학과지성사 ㅇㅎㅣㄹㅣ 제호 문학과사회

www.moonji.com | 121-840 서울시 마포구 서교동 395-2
편집: 전화 338-7224 팩스 323-4180 영업: 전화 338-7222 팩스 33

신 병 익

순수한 정신의 표현이라는
자각에서 비롯되는 것으로,
어둠 속에서 고독하게
작업해야 하는 언어 갱부의
노동은 당연히 한없이 고된
노력과 끈질긴 집념을
요구합니다. 그가 지금까지
흔한 감투를 지분대 보거나

도 형이 시단 데뷔 50주년을 앞두고 문
간행하게 된 경사에 축하를 드립니다.
를 일구어가며 한결같은 수준으로 반세
보기란 결코 수월치 않은 일인데, 박이도
워가면서 12권의 시집을 상자했습니다. 도
영혼으로 어지러운 세상을 깔끔하게 살아
장로로서의 복자다운 생애를 살아오며 정
, 그리고 기독교도로서 함께 가지기가 그
운 정신적 지향을 하나로 모아 더불어
, 그런 뜻에서 오늘 박이도 형의 시 전
황에 비추어 특별한 축복이 내려진 사건

으레 욕심내는 영예 따위에 눈 한번 돌리지 않고 순수한
시 창작과 시학 교수의 길을 걸으면서 오늘의 시 전집을
간행할 수 있게 된 경사도 그런 집요한 각고와 자제의
탁마 끝에 이루어진 것입니다.(…중략…) 이제 박이도
형의 머리칼은 어쩔 수 없이 허옇게 바뀌고 있지만 그의
머릿속은 오히려 더욱 따뜻하고 비옥한 초록의 세계로
충만해 있을 것으로 보입니다. 바라건대 여전히 소년과
같은 순진무구함과 발랄함으로 시 쓰기에 전념하며
젊은이들 못지않은 건강한 정신과 진지한 의욕으로 삶의
내면과 정서를 살찌우고 정갈하고 지혜로운 노후의 미덕을
넉넉하게 거두어 이 세상의 모두가 부러워하는 '언어의
빛'으로 후배들과 제자들만이 아니라 우리 동료들에게도
고상한 멘토가 되시기를 바랍니다.

2010. 10. 29 김병익

神의 쓰레기　朴南秀詩集

박남수
(1918. 5. 3~1994. 9. 17)

이미지와 상징 조작에 시적 개성 돋보여

-먼 이국 땅에 살다 쓸쓸히 떠난 박남수 시인

시인 박남수 선생은 1951년 1.4 후퇴 시 평양에서 월남하신 분이다. 첫 시집 『초롱불』(1940)과 월남한 다음에 낸 『갈매기 소묘』(1958)에 이어 『신神의 쓰레기』(1964)가 있다. 그 후 1980년대 후반에 미국 뉴저지로 부인과 함께 이민했다. 그곳에서 『사슴의 관冠』 『그리고 그 이후』를 발간한 바 있다.

새

1
하늘에 깔아 논
바람의 여울터에서나
속삭이듯 서걱이는
나무의 그늘에서나, 새는
노래한다. 그것이 노래인 줄도 모르면서
새는 그것이 사랑인 줄도 모르면서
두 놈이 부리를
서로의 죽지에 파묻고
따스한 체온을 나누어 가진다.

2
새는 울어
뜻을 만들지 않고,
지어서 교태로
사랑을 가식하지 않는다.

3
-포수는 한 덩이 납으로
그 순수를 겨냥하지만,

매양 쏘는 것은
피에 젖은 한 마리 상한 새에 지나지 않는다.
-「새」 전문

   예시한 「새」를 비롯한 일련의 작품들은 대상에의 특유의
인식법이나 상징하는 이미지 창출이 돋보인다. 마치 한 마리
새가 날아가는 우아한 날갯짓에서 연역해 내는 창의가 독특
하다

   나는 떠난다. 청동青銅 표면에서
   일제히 날아가는 진폭振幅의 새가 되어
   광막한 하나의 울음이 되어
   하나의 소리가 되어

   인종忍從은 끝이 났는가.

청동의 벽에
역사를 가두어 놓은
칠흑의 감방에서.

…(중략)…

먹구름이 깔리면
하늘의 꼭지에서 터지는
뇌성雷聲이 되어
가루 가루 가루의 음향이 된다
　　　　　－「종소리」

　김광림 시인은 해설에서 "시집『신의 쓰레기』(1964)는 자연성과 존재성이 맞아 떨어진 곳에서 '하모니'된 결정체라 할 수 있다. 초기에 맹아萌芽됐던 선명한 이미지는 공백기를 거쳐 형태상의 실험기에서 벗어났다"고 지적하고 있다.

　내가 '한국일보' 신춘문예(1962년)에 「황제皇帝와 나」라는 작품으로 당선되었을 때 심사위원이 박남수, 박두진 두 분이었다. 시상식 날 나는 조금 일찍 도착했다. 수상자들과 심사위원들보다 먼저 도착한 것이다. 장기영 사장실로 안내 받아 들어가니 장 사장님은 전화 통화 중이어서 한쪽 자리에 앉았다. 여비서가 차를 내놓았다. 그때 장 사장님은 전화를 마치고 나에게 악수를 청하시며 축하한다는 한 마디 말씀을 남기고 사장실을 나가셨다. 그러는 사이에 박남수 선생께서 사장실로 들어오셨다. 박 선생님께서 이러저러한 말씀을 나누던 중에 "혜산(박두진 선생의 아호)이 골라(나의 작품) 칭찬을 많이 했다"는 말씀을 전해 주셨다.

먼 이국 땅 미국 뉴저지에서의 선생님의 부음은 한 줄 문화면 단신으로 전해졌다. 왜인지 그 비보에 울적했던 기억을 그분의 필적에서 다시 살려 보았다.

letters

박이도 시백詩伯께

보내주신 시집『홀로 상수리나무를 바라볼 때』,
기쁜 마음으로 잘 받았습니다. 맑고 아름다운 서정시의
모음이라는 생각이 들었습니다. 답신 늦은 점 해량하여
주셨으면 하며, 지금이라도 저의 감사를 전해드리려
합니다. 아무쪼록 내내 정진 있으시기를 기원합니다.

1991. 5. 17 성찬경 드림

朴

利

逈

詞兄

惠存

善南

北窓에 어리는 별

李敬南 詩集

이경남
(1929. 1. 3~2010. 12. 13)

외유내강의 지사형^{志士型} 언론인 이경남

−유주현의 '조선총독부'를 대필하기도

먼저 내 사사로운 얘기를 좀 해야겠다. 대학을 졸업하고 얻은 첫 직장이 신태양사에서 발간하던 월간 '여상^{女像}' 잡지부였다. 나를 기자로 뽑아준 분이 시인 이경남 편집장이었는데, 그곳에 근무하던 친구인 소설가 김문수 군을 보러 몇 번 들른 적이 있었는데, 그때 이경남 선생에게 인사를 드렸었다. 그 무렵 나는 유한양행에서 발행하던 '가정생활'의 임시 직원으로 몇 달 근무했으나 그 잡지는 종간하게 되었고 바로 '여상'으로 취직했다. 김문수 군의 추천을 받아 주신 것이다. 나로선 행운이었다.

시인 이경남은 데뷔 시절인 1950년대 초에는 주로 감성적인 주정적 시들을 썼다. 생업과 관련해 다양한 저술 작업에 매몰되어 시 쓰기는 과작이었다. 그도 시대의 발전 과정에서 빚어진 현실에 대응하는 참여시를 쓰기도 했다.

유월은 잔인한 사월보다
성가신 계절.
유월은
이데올로기가

한강의 유아乳兒들을 교살絞殺한 달.

… (중략) …

산다는 것은,
뻐꾹새 울면
햇살 반짝이는 신록의 언덕에서
지금은 유월이라 뻐꾹새 울면
허기진 발 아래가 더욱 허전해지는
그래서 인생은, 함정陷穽 위에 세워진 묘비라지만,

… (중략) …

유월은
이데올로기에 학살된 혼백이
바다에서 도시에서 두메 골짜기에서
일제히 일어서 울부짖는 달.
피와 사상이 뜨거운 태양 아래 심판을 받는
잔인한 달 사월보다 더 성가신 계절.
  ―「유월의 이데올로기」

6.25전쟁, 북괴의 남침에 대항해 반공 유격대원으로 참전,
비극적 상황을 가슴에 묻어둔 시인의 아픈 사연이 담긴 작품
이다. 내가 상사로 모시고 근무하면서 바라본 이경남 선생은
아주 명민明敏하고 부지런한 시인이며 언론인이었다.
  '여상' 시절 이경남 선생에 관한 에피소드 하나. 당시 신태
양사 주간으로 계시던 소설가 유주현柳周鉉 선생은 작가로서

인기 상한가를 치고 있을 때이다. 동아일보사가 '신동아'를 복간하면서 장편소설을 청탁했다. 유선생은 이미 여러 곳에 장, 단편을 집필 중이어서 새 청탁을 감당하기가 어려웠다. 직장의 동료인 이경남 선생과 의논 끝에 이경남이 대필하기로 하고 집필했다. 그렇게 탄생한 것이 일제 시기의 조선인 수난사를 다룬 『조선총독부』였다. 초고를 유 선생이 검토 수정하는 정도였다.

내가 '여상'에서 근무할 때 정신여자중학교에 강사로 출강하게 되었다. 1년 후에 전임으로 임명될 예정이었는데, 이경남 선생이 '현대경제일보'로 직장을 옮기면서 나도 신문사로 옮기게 되었다.

이같은 인연으로 나에겐 잊을 수 없는 은인이 된 분이시다.

조태일

1985. 12. 6

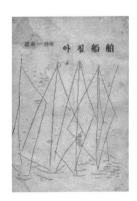

조태일
(1941. 9. 30~1999. 9. 7)

독재 정권에 맞서
온 몸으로 저항시를 쓴 사나이
−후배 시인 조태일과의 인연

조태일 시인을 가까이 만나기 시작한 것은 1963년 이후이다. 그가 경향신문 신춘문예에 당선되고 부터이다. 그 무렵 신춘문예 당선자들의 동인지 〈신춘시〉가 창간되고 내가 창간에 적극 참여하면서 자연스레 조태일 군을 만날 수 있었다. 그는 대학 후배였기에 더욱 친밀감으로 대할 수 있었다.

아침 바다는 예지叡智에 번뜩이는 눈을 뜨고
끈기의 서쪽을 달리면서

시대에 지치지 않고, 처절했던 동반同伴의 때에
쓰러진 시간들을 하나씩 깨워 일으키고
저 넘쳐나는 지평의 햇살을 보면
청명한 날에 잠 깨는 출항

세수洗手를 일찍 끝낸 여인들은
탄생을 되풀이한 오랜 진통에
땀배인 내의를 열심히
피워 문다.

계절이 없어 과일들은 익질 못한다. …(하략)…

ㅡ「아침 선박」, 1964년 경향신문 신춘문예 당선작의 부분

출항을 앞둔 아침 선박을 통해 미래지향적 비전을 조망하는 희망가이다. 당시 신춘문예 응모의 한 경향이었던 서사 구조의 장시들이 유행했는데, 조태일의 시도 그런 경향에 속하는 작품이었다.

1970년, 1980년대의 시대적 혼란기를 맞아 조태일 시인의 시적 변모 과정이 눈길을 끈다. 그 시기에 시집 『식칼론』(1970) 『국토』(1975) 등 독재정권을 비판하는 시를 쓰면서 감옥 생활도 두려워하지 않았다. 체제에 저항하는 민중 시인으로 각인된 것이다.

1990년대에 들어와 조 시인이 모교인 경희대학교 대학원에서 학위 과정을 이수했다. 학위 논문은 「김현승 시정신 연구」였는데, 내가 김현승 시인을 연구했던 것을 이유로 지도교수의 인연을 맺었다. 그 일로 몇 해 동안 강의실, 연구실 등에서 함께한 시간이 많았다. 그는 덩치에 안 어울리게 아주 양순한 성품이었다. 은사이신 조병화 교수는 조 시인을 볼 때마다 얌전한 사람이 시는 어찌 과격한 표현을 잘 쓰느냐는 등의 농담을 자주 하셨다.

이제 그가 고인이 된 지 20주년이 넘었다. 그의 10주기엔 동인지 〈신춘시〉 시절에 얽힌 조태일 회고담을 '시와시학'(2010년 봄)에 기고한 바 있다. 그 추모글에서 노천명의 시 「사슴」을 패러디했던 시구詩句 일부를 옮겨 본다.

키가 커서 외로워 보이는 시인
눈이 커서 순수하게만 보이던 얼굴
착하디 착했던 여린 마음으로
정의를 외치던 당신의 시정신은
다산茶山의 시신詩神*을 가시관으로 썼나 보다.

시집 친필 서명본『아침 선박』은 내 서재에선 찾을 길이 없어 그가 쓴 이름의 필적만을 얻어 소개한다.
조형! 그 나라에도 소주 가게가 있을까? 없으면 없는 대로 영원히 안식을 취하시게─

*다산茶山 정약용丁若鏞 선생의 "부애군우국비시야不愛君憂國非詩也"로 시작한 시관詩觀으로 그 내용은 다음과 같다. "임금을 사랑하지 않고 나라를 걱정하지 않는 것은 시가 아니며 어지러운 시국을 아파하지 않고 퇴폐적 습속을 통분하지 않는 것은 시가 아니다. 단 진실을 찬미하고 거짓을 풍자하거나 선을 전하고 악을 징계하는 사상이 없으면 시가 아니다."(『목민심서』)

詩人 朴利道 시인

一 回甲을 축하하며

조병화
(1921. 5. 2~2003. 3. 8)

"결국, 나의 천적天敵은 나였던 것이다"

─스승 조병화 선생의 이모저모

편운片雲 조병화 선생님은 나의 대학 스승이시다. 그는 스승 이전에 한국어로 시를 쓰는 대문호이다. 김소월의 월계관을 이어 받아 국민적 호응을 받는 지경에 이른 시인이다. 학부와 대학원 시절과 그 후 교수 요원으로 함께 근무했던 기간까지 합쳐 보면 오랜 세월을 가까이에서 모셨던 분이다. 선생님을 자주 대하며 그의 생활신조나 행동거지에서 받은 인상 중에 한, 두 가지를 소개하련다.

선생님께선 엄격히 시간을 지키는 분이셨다. 언젠가는 밖에 나와 점심을 함께 먹고 연구실로 올라가다가 지인을 만났다. 지인은 선생님에게 커피를 대접하겠노라고 간청을 했으나 선생님은 그럴 시간이 없다고 사양했다. 연구실에 돌아와 차를 마시면서 하시는 말씀이 "미리 약속하지 않은 시간은 공연히 낭비할 수 없다."는 것이었다.

나는 직장 생활 13여 년 만에 대학원 박사과정에 진학하였다. 한번은 강의가 있는 날 20분 전에 연구실로 오라는 조교의 전갈을 받았다. 시간에 맞춰 문리대학장(당시)실로 방문했더니 내가 제출한 리포트를 펼쳐 보이면서 야단을 치셨다. 내용인즉 원고지에 쓴 글씨가 괴발개발 난필이어서 읽어 보시기에 시간이 많이 걸린다는 것이었다. 빨간 색연필로 여기 저기 표시를 해 삐뚤어진 글씨를 지적하셨다. 나는 죄송스러워 몸 둘 바를 몰랐다. 이렇게 선생님께서는 매사에 직선적이고 솔직한 성품이셨다.

'국민 시인' 조병화, 그의 평생의 문학적 주제 의식과 그 대상은 어머님을 그리워하는 정서, 자기 존재성을 확인해 가는 고독과 허무한 시대를 헤쳐 가는 시인의 정체성, 인간 상호간의 허위의식적인 상대相對에서 발생하는 허무의지 등이었다. 어머니라는 존재는 생명의 은인으로 사랑과 신실함으로 숭모의 대상이었다.

1)
1962년 음력 6월 3일
아침 7시
맑은 아침 해가 높이 솟고 있었습니다

…(중략)…

다시 깨시지 않는
고요한 잠에 드셨습니다.
─「1962년 음력 6월 3일」에서

2)
'이름하여 편운재'
당신 곁, 솔나무 밭, 낮은 언덕

당신을 수시로 뵐 수 있는 자리 골라서
당신의 묘막
깎아서 세웠습니다.
　　　　　－「이름하여 편운재(片雲齋)」에서

3)
바다엔
소라
저만이 외롭습니다

허무한 희망에
몹시도 쓸쓸해지면
소라는 슬며시
물속이 그립답니다
　　　　　－「버리고 싶은 유산」에서

4)
당신과 나의 회화에 빛이 흐르는 동안
그늘진 지구 한 자리 나의 자리엔
살아 있는 의미와 시간이 있었습니다

…(중략)…

생명은 하나의 외로운 소리
당신은 가난한 나에게 소리를 주시고
갈라진 나의 소리에 의미를 주시고

지구 먼 자리에 나의 자리를 주셨습니다

ㅡ「생명은 하나의 소리」에서

5)

결국 나의 천적은 나였던 거다

ㅡ「천적(天敵)」 전문

인용한 1), 2)는 어머니에 대한 그리움, 경애심을 다룬 것이다. 3), 4)에선 허무주의적 고독의 심연에 방황하는 편린이 간명하게 드러난다. 「버리고 싶은 유산」에 소라로 등장하는 화자의 소외와 고독감조차 무의미한 허무주의적 패배로 잠적하고 있다. 「생명은 하나의 소리」에선 철학적 명상에 젖어 들고 있다. 이같은 철학적 명상에서 얻은 결론은 5)에서 볼 수 있는 존재론적 결론이 아닌가.

조병화의 인생은 화려했다. 인생의 멋, 사랑의 멋, 고뇌의 흔적이 방황하는 시혼으로 표상되었다. 화젯거리도 많다. 가장 많은 시집 발간, 가장 많은 베스트셀러 기록, 1950년대, 1960년대에 해외여행을 많이 한 베가본드(방랑자).

그의 상징물로는 파이프, 베레모, 진홍의 스카프를 들 수 있다. 서울 중고교 시절 조병화, 안병욱 선생의 제자였던 이상범 복사의 증언에 따르면 경성사범학교 입학시험에서 선우휘(작가, 언론인)가 1위, 조병화가 2위로 합격했다. 졸업 시에는 1등으로 졸업한 수재였다. 그 후 일본 동경고등사범학교 3학년 때 해방으로 귀국했다. 물리학을 전공하며 럭비선수로 활약하기도 했다. 지덕체를 겸비한 신사풍의 시인이었다.

편운 선생님, 많은 작품 속에서 저는 「의자.7」을 골라 읊어
보렵니다.

지금 어디메쯤
아침을 몰고 오는 분이 계시옵니다
그분을 위하여
묵은 이 의자를 비워드리지요

지금 어디메쯤
아침을 몰고 오는 어린 분이 계시옵니다

그분을 위하여
묵은 이 의자를 비워드리겠어요

먼 옛날 어느 분이
내게 물려주듯이

지금 어디메쯤
아침을 몰고 오는 어린 분이 계시옵니다
그분을 위하여
묵은 이 의자를 비워드리겠습니다.

편운 선생님이 저의 회갑을 축하한 축시를 육필로 써 주셨
다.

착한 박이도朴利道 시인

-회갑을 축하하며

조병화
(대한민국예술원 회장)

착한 어린이처럼 살아오면서
깊은 인생을 안으로 안으로 시를 써 온
박이도 교수가 세월 어쩔 수 없이
회갑 년을 맞이하다니
덧없는 세월의 섭리를 어찌하리

그러나 덧없는 세월의 섭리를
순리대로 착하게 겸손하게 어질게 곱게 깊이
사랑으로 믿음으로 진리를 곧게 살아 온 삶
어찌 박이도 교수의 세월이 덧없다 하리

영국의 시인 Stephen Spender는
"사람은 누구나 태양에서 나와 태양으로 돌아가는
짤막한 여정을 사는 데 불과한 거
그러나 정직하게 자기를 산 사람은
자기 흔적을 하나 남기고 간다"라고 했지만

여기 박이도 시인은 실로 많은 자기 흔적을

창작 문학으로, 대학 교육으로, 봉사로 남긴 사람
어찌 찬양하며 축복하지 않으리

박이도 시인, 박이도 교수, 오늘 이 회갑의 자리
이 풍요로움, 이 아름다움, 이 사랑스러움
길이길이 빛나려니
앞으로 오래오래 그 영광을 사시오서.

1997 가을

박이도

아형 정진규

정진규
(1939. 10. 19~2017. 9. 28)

자유로운 산문시의 지경地境을 확장하다
-정진규의 매너리즘을 경계한 시정신의 내면일기

장산長山 정진규 시인, 그가 세상을 떠나간 지 3년이 지났다. 문단 한 쪽의 빈 자리가 커 보인다. 특히 시단을 아우를 수 있는 시 잡지를 맡아 기여했고 한때 한국시인협회를 이끌었던 원로였기 때문이리라.

그가 산문시를 많이 써 문단 후진들에게 산문시 붐을 일으켰다는 평가가 있다. 맞는 평가이다. 산문시를 규정하는 도식적인 논의보다는 한국 근현대시에서부터 산문시를 써 온 주요한의 「불놀이」부터 읽는다면 이해에 도움이 될 것이다. 주요한은 산문시 「불놀이」에 대해 "그 형식도 역시 아주 격을 깨뜨린 자유시의 형식이다. 자유시라는 형식으로 말하면, …(중략)… 작자의 자연스런 리듬에 맞추어 쓰기 시작한 것"임을 밝히고 있다.

정진규는 산문형散文型의 거푸집을 짓고 그 안에 언어의 씨앗을 뿌리고 물을 대주며 하나하나 어떤 모습을 한 생령들이 자라나라 밤마다 주문을 외우며 새로운 생명이 태어나기를 기구祈求한 시인이었다고 묘사해 본다.

1)
문 열고 나아가 보고자

자란 수염도 깎았습니다.

뜨거운 한 잔의 차도 마셨습니다.

뜰에

세상의 총량(總量)처럼 넘치고 있을 햇살과

떨어져 쌓였을 몇 장의 신문지와

또는 몇 통의 엽서를

그러한 세상의 일상을

나는 가볍게 확인하고

모자를 다시 쓴 다음

마을을 향해 걸어 내려갈 것입니다.

　　-「전주(前奏) A」의 부분(시집 『유한(有限)의 빗장』, 1971)

2)

　　한밤에 홀로 연필을 깎으면 향그런 영혼의 냄새가 방 안 가득 넘치더라고 말씀하셨다는 그분처럼 이제 나도 연필로만 시를 쓰고자 합니다 …(중략)… 잘못 간 서로의 길은 서로가 지워드릴 수 있기를 나는 바랍니다 떳떳했던 나의 길 진실의 길 그것마저 누가 지워 버린다 해도 나는 섭섭할 것 같지가 않습니다 나는 남기고자 하는 사람이 아닙니다 감추고자 하는 자의 비겁함이 아닙니다 …(후략)…

　　-「연필로 쓰기」의 부분(시집 『연필쓰기』, 1981)

3)

　　문을 열면 논밭 사이로 누운 시오리길이 아슴아슴하게 보인다. 옅은 어둠 때문이기도 하겠지만 부슬부슬 내리는 새벽 비에 길은 뜨물 같은 물안개에 절어 있다. 자작자작 내리는 빗소리가 꼭 밥 끓는 소

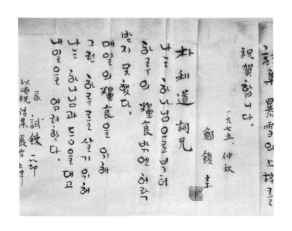

리같이 들린다. 속이 뜨뜻해지는 것이다. 대지를 포근하게 적시는 새
벽 비는 밥 짓는 어머니의 손길 같다. 새벽 비는 먼지 이는 길의 칭얼
거림을 달래는 손길이다.

    -「몸시 85」(시집『몸시』, 1994)

    정진규는 그의 출세작인 「나팔서정」부터 한동안은 시에 행
구분을 하며 자기류의 개성미가 있는 서정시를 썼다. 언제부
터인가 산문시를 고집하며 독자적인 산문시의 영역을 확대해
갔다. 산문시도 형태상, 내용상의 특유한 내재율이 있다. 사
안에 따른 상징과 그 상징을 풀어가는 은유적인 비유, 대비,
상황에 대한 극적 반전 등을 산문시(기호)로 구상해 내는 것
이다. 산문시의 생명은 설명문이 아닌 묘사나 초월적 수법이
절대적이라고 본다. 짧고 간결한 구문으로써야 한다는 것도
명심하지 않으면 안 된다.
    앞에 인용한 1)은 담담하고 간결한 구어체로 된 일상을 암

시한 것이다. 군이 산문시라고 부를 필요가 없는 서정시이다. 2), 3)의 산문 형식의 구문은 과거 주요한, 김구용 같은 시인들의 어법에서 한 발 나아간 시적 문법을 구사하고 있다. 이 점이 정진규의 산문시가 후진들에게 공감할 수 있는 지평을 넓혀 준 것이다.

그는 제2시집 『유한의 빗장』의 후기에서 그의 시적 아포리즘을 천명하고 있다. "나는 내 정신과 생활의 적지 않은 내란을 겪어야 했는데, 그것은 시라고 하는 저 높은 예술성이 오늘을 살면서 어떻게 침해당하지 않고 온당하게 지속될 수 있는가라는 가장 근원적인 문제로부터 거듭되었던 것이다. … (중략)… 시는 안주할 것이 아니라 항시 '정착을 싫어하는 끔찍한 병'을 영원히 앓을 수밖에 없다는 사실이다."라고. 기왕의 시세계에 안주하지 않고 시적 자아의 정체성을 확인하고 갱신하는 준엄한 명심이며 항상 새로운 시 정신으로 거듭나겠다는 자신과의 서약이기도 하다. 매너리즘을 경계한 시인 정진규의 시정신이다.

나는 지난 2012년, 〈수석.시서화전〉을 가진 바 있다. 정 시인은 기꺼이 나의 시 「익사溺死」를 붓으로 적어 협찬해 주었다. 고마운 우정의 선물이었다.

나에게 정시인은 가깝고도 먼 시우詩友였다. 1960년대 문단 초년생 시절에 만나다가 내가 신문사에서 고등학교로 직장을 옮기면서 뜸해졌다. 이제, 먼 나라 영생의 나라에서 평강을 누리기를 빈다.

letters

종이사진을 보내며

종이사진, 이제는 많이 잊혀진 사진.
종이 사진을 보면서 우리가 그동안 얼마나 정답게
살았던가를 생각합니다. 우리 비록 그 장소와
그 일에서 떠나왔지만 사진 속에서는 여전히 우리 웃고
있고 어깨동무하고 있고 손을 잡고 있음이 너무나도
귀하고아름답습니다.

2018. 9. 25
나태주

김민부
(1941~1972)

10×20

일출봉에서 하늘나라로 사라지다
—요절한 천재 시인 김민부

1960년대에 활약했던 시인 김민부金敏夫를 기억하는 사람은 많지 않다. 그는 대학을 나와 방송국 PD로 입사해 각종 방송 원고를 쓰면서 그 방면에서 뛰어난 재능을 보여 주었다. 방송작가로 명성을 더 쌓아가다가 31세에 요절夭折한 천재 시인 이다.

나의 친구 김민부에 관한 잊히지 않는 기억은 그의 장례 식장에서 본 참혹했던 광경이다. 얼굴에 화상을 입은 부인을 대신해 두 남매(?)가 영정 앞에 나란히 서서 조화를 단에 올려놓고 분향하는 장면에서 나는 "흑—"하고 옆 사람들이 들을 정도로 흐느낀 것이다. 나도 모르게 격한 연민의 감정이 폭발했던 것이다. 천진난만해 보이는 어린 자식들의 등장이 순간적으로 너무나 애처롭게 느껴졌던 탓이었다. 그는 문화촌(갈현동)에 살았다. 집에서 가까운 적십자병원(서대문)에서 장례식을 치른 것이다.

나는 1958년 서라벌예대(2년제) 문예창작과에 들어가 민부를 처음 만났다. 이미 그는 고등학생의 신분으로 한국일보 신춘문예에 당선한 시인이었다. 그 해 여름방학에 나는 민부와 같이 부산에서 온 권영근 군의 초대를 받아 부산으로 갔다. 초량의 철길 주변에 있었던 집(두 친구 중 누구네 집이었는지 기억나지 않음)에서 일박하고 역시 동기생이었던 송상옥 군이 사는 마산으로 이동했었다. 앞에 거명한 세 친구 중 권영근 군은 분당에 살고 있을 때 한두 번 만났으나 지금은 소식이 없다.

김민부를 천재 시인이라고 칭하는 것은 고교 시절에 여러 콩쿨에서 입상한 경력이 화려했기 때문이다. 고교 시절 부산의 한글 백일장에서 장원을 했는데, 심사위원 유치환, 김춘수 시인은 김민부의 시 「아침」에 대한 선후평에서 "상상력의 풍부함과 언어 감각의 예민함을 단번에 짐작케 한다. 상(想)과 언어가 정렬되어 있는 품이 고교생답지 않은 느낌"이라고 썼다.

부산에서 방송작가로 활약하던 그가 서울로 올라 왔다. 서울 TBC에 근무할 때 내가 재직하던 현대경제일보(현 한국경제)사와 지근거리에 있었기에 가끔 점심이나 차를 나누며 옛정을 나누기도 했다. 그의 부산 중.고교 시절의 절친했던 황정규 변호사의 회고담에 비친 김 시인의 소싯적 일화를 몇 줄 옮겨 본다.

김민부 시인은 나보다 한 학년 밑이었는데 월반을 하여 같은 학년이 되었고, …(중략)… 중학교 입학 국가시험에서는 성남초등학교에서 1등을 하여 …(중략)… 탁월한 머리를 과시한 바 있다. …(중략)… 민부는 자기가 초등학교 1학년 때 시로 장원을 한 적도 있다며 그 시의 한 구절이 "산은 시그널, 봄이 오는 소식을 알려 주지요"라고 자랑으로 읊곤 했다.

그의 시 「기다리는 마음」이 작곡가 장일남 선생의 곡을 붙여 대중적 애창곡이 되기도 했다.

일출봉에 해 뜨거든 날 불러 주오
월출봉에 달 뜨거든 날 불러 주오
기다려도 기다려도 님 오지 않고
빨래 소리 물레 소리에 눈물 흘렸네

봉덕사에 종 울리면 날 불러 주오
저 바다에 바람 불면 날 불러 주오
기다려도 기다려도 님 오지 않고
파도 소리 물새 소리에 눈물 흘렸네

이어 내가 애송하는 그의 짧은 시 한 편을 덧붙인다.

불타오르는 정렬에 앵도라진 입술로
남몰래 숨겨 온 말 못할 그리움
아 이제야 가슴 뻐개고 나를 보라 하더라
나를 보라 하더라.
─「석류」

곱슬머리에 두툼한 입술을 한 이국풍의 시인 김민부, 허리를
구부정하게 구부린 자세, 바지 주머니에 두 손을 찔러 넣고 저
음의 음유 시인이 되어 자기 시를 읊조리며 걸어가는 뒷모습,
엊그제련 듯 보이는 듯 들리는 듯 실감나게 다가오누나.

朴 利 道 記者 김현승

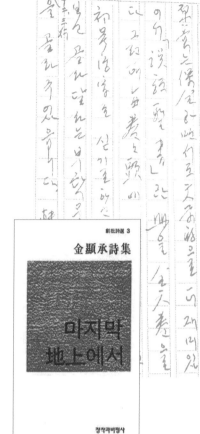

新韓詩選 3

金顯承詩集

마지막
地上에서

창작과비평사

김현승
(1913. 4. 4~1975. 4. 11)

차돌같이 단단하고 이슬같이 투명한 영혼의 숨결

− 모국어로 고독의 끝을 풀어낸 시인 김현승

다형茶兄 김현승金顯承 선생님을 처음 뵌 것은 1970년 전후였다. 근무하던 직장 주변인 남대문에서 시청에 이르는 어느 다방에서였다. 점심시간이 한참 지난 비교적 한가한 다방에 들른 것은 잠시 휴식을 취하고 싶었기 때문이다.

다방에 들어서니 한쪽에 낯익은 분이 보였다. 한눈에 김현승 시인임을 알아차렸다. 나는 서슴없이 다가가 인사를 드리며

"선생님 안녕하십니까? 혹시 김현승 선생님 아니신가요?"

조심스레 모기 소리만한 어조로 여쭈어보았다. 선생님께서는

"자네가 누구신가?"

나를 똑바로 쳐다보며 반문하셨다. 나는 내가 누구라고 말해 보았자 내 이름을 알고 계실까 싶어 난처한 경황에 마주친 것이다. 그러나 물음에 대답을 해야 할 차례이니 조금 당황한 마음으로

"저, 시를 쓰는 박이도라고 합니다."

라고 더듬었다. 왠지 선생님 앞에서 나도 시인입내라는 말을 건넨다는 것이 겸연쩍었기 때문이다.

"박이도 씨? 내가 자네 시도 더러 읽고 있었네. 자네도 목사님 자제라면서?"

선생님께서 내가 시 쓰는 청년이라는 사실을 알아 주시니 안도할 수 있었다. 게다가 내가 목사의 자식이라는 사실도 알고 계셨다. 아마 소문으로 들어 아시는 것 같았다. 선생님께선

"여기 앉게."

손시늉을 하며 합석을 권하셨다. 나는 선생님과의 첫 만남에서부터 오랫동안 아주 끈끈한 인연으로 발전하게 된 것이다.

시인 김현승은 한국 시단에 아주 독특한 철학적 사유로 자신만의 독보적 세계를 구축해 낸 분이다. 개신교의 모태신앙인으로서 간단없이 제기되는 신의 존재에 관한 회의는 신과 대결한다는 도전정신을 키웠다. 한편, 현실의 일상에서 마주치는 인간관계의 용납할 수 없는 부조리한 현상에의 괴리감에 젖어 인간적 정의情誼와 소외의 현상을 시의 언어로써 대결하는 '고독'과 대결한다. 신과의 대결, 인간관계와의 대결 등 두 갈래의 고독과 맞서는 시인이 된 것이다. 그가 선택한 시어들은 차돌같이 단단하고 이슬같이 투명한 영혼의 숨결을 지니고 있다.

당신의 불꽃 속으로
나의 눈송이가
뛰어듭니다.

당신의 불꽃은

나의 눈송이를
자취도 없이 품어줍니다.
　―「절대신앙」 전문

　이 시는 인간 김현승이 하나님의 품속으로 완전히 귀의함을
보여준다. 기독교에서는 믿음이 전제되지 않은 신앙은 존재할
수 없다. '불꽃' 속으로 뛰어드는 '눈송이'의 절대적인 믿음을
하나님께서 '자취도 없이 품어'준다는 것은 일체감을 얻게 되
었다는 참회의 고백인 것이다. 온전한 믿음에 귀의할 때까지
그가 겪은 인간적 고뇌는 또 어떻게 시로 표상되었을까?

　나는 이제야 내가 생각하던
　영원의 먼 끝을 만지게 되었다.

　그 끝에서 나는 눈을 비비고
　비로소 나의 오랜 잠을 깬다.

　내가 만지는 손끝에서 영원의 별들은 흩어져 빛을 잃지만,
　내가 만지는 손끝에서
　나는 내게로 오히려 더 가까이 다가오는
　따뜻한 체온을 새로이 느낀다.
　이 체온으로 나는 내게서 끝나는
　나의 영원을 외로이 내 가슴에 품어준다.

　그리고 꿈으로 고이 안을 받친

내 언어의 날개들을
내 손끝에서 이제는 티끌처럼 날려 보내고 만다.

나는 내게서 끝나는
아름다운 영원을
내 주름 잡힌 손으로 어루만지며 어루만지며
더 나아갈 수도 없는 나의 손끝에서
드디어 입을 다문다- 나의 시와 함께
－「절대고독」 전문

　시의 화두는 "나는 이제야 ~ 영원의 먼 끝을 만지게 되었
다"는 고백문으로 출발한다. 마치 병아리가 알 속에서 때가
되면 스스로 껍질을 깨고 나오듯이 '고독'으로 상징되는 인간
적 고뇌와 갈등에서 벗어나는 과정을 그리고 있다. 인간세상
에서 정의와 불의 윤리적 주체로서의 갈등을 '꿈으로 고이 안
을 받친 내 언어의 날개들을 티끌처럼 날려 보낸다'에서 시인
의 괴로움이 배어난다.

가을에는
기도하게 하소서…
낙엽들이 지는 때를 기다려 내게 주신
겸허한 모국어로 나를 채우소서.

가을에는
사랑하게 하소서…

오직 한 사람을 택하게 하소서.
가장 아름다운 열매를 위하여 이 비옥한
시간을 가꾸게 하소서.

가을에는
호올로 있게 하소서…
나의 영혼, 굽이치는 바다와
백합의 골짜기를 지나,
마른 나뭇가지 위에 다다른 까마귀같이.
—「가을의 기도」(문학예술, 1956. 11)

20세기 최고의 서정시인이라는 라이너 마리아 릴케는 독일어를 쓰는 시인이다. 그와 비견할 수 있는 김현승은 한국어를 모국어로 쓰는 동방의 위대한 서정 시인이다. 이 두 시인이 각기 쓴 「가을날」과 「가을의 기도」는 가을을 소재로 한 신의 자연섭리에 감사와 경외敬畏의 정서를 자신의 혼이 담긴 모국어로 바친 헌사에 다름 아니다. 시인에게 모국어가 있다는 것은 큰 축복이다.

신독愼獨한 성품의 소유자, 김현승 선생의 따님이신 피아니스트 김순배 씨는 아버지의 성품을 다음과 같이 전한다. "겉으로 보기에는 바게트처럼 딴딴하고 건조하지만 뚫고 들어가면 한없이 부드럽고 담백한 속살의 감격이 있다"고 했다. 이어 "내 아버지와 바흐는 많이 닮아 있다. 주변에 횡행하는 비리나 불합리를 묵과하지 못하고 기어이 의분을 표출했던" 분이라고.

朴利道詩薹莖

강인섭
(1936~2016. 3. 20)

시인 · 언론인 · 정치인의 삼색三色 인생을 살다
—아직 뚫리지 않은 경의선을 두고 떠난 강인섭 시인

  강인섭姜仁燮 시인과의 인연은 '신춘시' 동인을 결성하기 위해 만나면서 교제하게 되었다. 1962년 초 도하 일간지에 신춘문예 당선자가 발표되고, 누가 주도했는지는 모르겠으나 명동의 한 다방에서 신춘문예 당선자 축하 문학의 밤이 거행되었다. 당시 경향신문 문화부 송선무 기자의 사회로 박봉우 시인, 이어령 문학평론가 등 많은 문단 인사들이 참석해 축사와 격려의 말씀을 해 주었다. 이곳에 모였던 당선자들이 별도로 만나 동인지 발간을 위한 모임을 갖기로 했다. 1963년 초에 정식으로 동인회가 결정되고 『신춘시』 제1집이 나왔다. 제1집 출간을 전후로 동인들의 모임은 빈번했다.

  동인들의 만남은 주로 동아일보사 오른쪽 길 건너편에 있던 중국집(복지루)과 화신백화점 주변에 있던 '금하' 다방이었다. 만날 때마다 10여 명 내외의 회원이 모였다. 회원 중 연배인 황명 선생(당시 휘문고 교사)과 강인섭 기자(당시 동아일보)가 저녁식사대를 지불하곤 했다. 그밖의 친구들은 갓 직장을 구했거나 무직 상태였기에 두 분이 주로 식대를 쾌척했다. 그는 1년여 문화부에서 일한 적이 있으나 주로 정치부에서 근무했다. 그 후 정계로 나아가 국회의원, 김영삼 정권의 정무수석 등 정치인이 되어 문단과는 거리를 둘 수밖에 없

었다. 그가 문화부에 근무할 때 김광섭 시인이 발표한 시 「성
북동 비둘기」를 조명해 문단의 주목을 받았던 것이 기억에 남
는다.

서울, 부산, 신의주까지
남북으로 길게 뻗어
발부리에
채이는 아픔으로
머리끝까지 전율하던 경의선
임진강 철교 앞에서 가쁜 숨소리를
몰아쉬며
헐덕이던 기관차는
논두렁에 처박힌 채
파선破船의 잔해처럼 녹슬어 간다.

…(중략)…

해방둥이의 키보다 크게 자란 잡초 속에서
동강난 허리를 껴안고
동서남북으로 뒤채는 아픔이여!
아, 녹슨 쇳덩이는
오늘도 북을 향해 우짖고 있다.

그날 남과 북을 오가던 진한 포성 속에서
진로를 잃어버린 열차의 급정지
끊어진 다리 앞에서

뚜뚜⋯ 비명처럼 울부짖던
기적의 종적 앞에

⋯(중략)⋯

아, 총구 사이로만 서로 건너다보는
눈망울이여
피안처럼 돌아 앉아
칼을 갈고 있는 슬픈 그림자여 ⋯(후략)⋯
－「녹슨 경의선」 부분

모두 75행으로 된 서사 구조의 장시에 속한다. 강 시인은
발문에서 "조국과 역사 그리고 통일에의 갈망을 주제로 삼은
이른바 참여시라고 할 수 있는 작품"이라고 썼다. 강인섭 시
인은 해방 이후 남북이 갈라져 적대시하고 있는 상황을 최대
의 민족적 비극으로 생각한 시인이었다.

세월의 휴지로 돌아가는
신문기사를 쓰느라고
너무나 많은 가능可能으로 비워둔 일기도 버리고
눈에 먼지만 묻힌 채,
빈 술병처럼 돌아와 쓰러진 내 실루엣이
하루가 가고 난 빈 공간의 어둠 속에 홀로 남는다.
－「어느 자정」 부분

신문기자로서의 일상은 취재일선에서 경쟁해야 하고 마감

시간에 쫓겨 하루를 종횡무진 활동하는 직업이다. 직업적 사명과 보람에 자긍심을 갖기도 하지만 사생활이 묻혀 버리는 세월을 되돌아보는 허무감이 배어나는 작품이다. "너무나 많은 가능可能으로 비워둔 일기도 버리고 …(중략)… 빈 술병처럼 돌아와 쓰러진 실루엣"은 화자의 자조적 푸념이다. 삶의 행로에서 인간적 소망과 좌절의 세월이 적나라하게 드러나는 작품이다.

그는 남다른 조국 통일에의 염원을 갖고 있었다. 2011년 6월 24일에는 북한 괴뢰의 남침을 상기하고 분단 현실에서 통일을 기원하는 뜻에서 「6.25전야제. 배달되지 않는 편지」라는 이름으로 통일시 낭송회를 개최했다.

시인 강인섭 형과의 친밀했던 1960년대 '신춘시' 시절의 추억은 오랫동안 잊혀 지고 말았다. 그의 사망 소식을 보고야 "아, 강인섭 형!" 하고 시간을 돌려 보게 된 것이다. 인터넷을 뒤져 보니 저간에 시집 『시간 속으로』(2011. 6.) 등 몇 권의 시집을 낸 흔적이 있다. '신춘시' 동인들에게 문의했으나 그 시집의 출간 소식을 아는 분이 없었다.

박이도 선생님

누가 내 생명을 주셨는가
누가 나에게 시간을 주셨는가

선생님의 좋은 시를 작년에 받고는
봄녘에 인사드립니다
찔레꽃, 민들레~ 많은 시들 맘속에
깊이 넣어 읽겠습니다.
살면서 좋은 시 읽으며 사는 것은
진정한 행복한 일입니다.
박이도 선생님 감사합니다!
일년 내내 봄 같은 날 되십시오!

2012 봄 장사익 배상

이 청 준

柱 濱에게

清 俊

8Ϥ. 8. 23

김주연 교수에게 보낸 작가 이청준의 친필 서명

이청준
(1939~2008. 7. 31)

판소리로 불태운 한恨의 '서편제'
– "종교냐 문학이냐" 말년에 소회 밝히기도 한 이청준

작가 이청준은 자기 관리에 아주 엄격한 분이었다. 드문드문 합석 한 자리에서만 보던 그였는데 어느 잡지에 기고한 짧은 글귀를 읽고 그에 대한 인식을 확실히 하는 계기가 되었다.

아침 9시에 집필실인 서재로 들어가서 12시 정오가 될 때까지 작업을 한다. 그 시간엔 원고 쓰는 일과 관련된 일 외엔 일체 접촉을 삼간다. 가령 외부의 전화를 받거나 가족 사이의 대화 따위 등을 삼가 한다는 자세를 말한 것이다. 전업 작가로서의 일상적 시간표인 셈이다.

이청준 형이 내가 살던 이화동의 기자 아파트로 이사해 왔다. 1969년 후반 경으로 기억한다. 당시 우리네 아파트엔 시인 김광협 기자도 같이 살고 있을 때였다. 이청준 형은 아주 조용한 성품이어서 사담私談을 나눌 때도 항상 조용하고 조심스런 어투로 말했다. 큰소리로 웃거나 얼굴 표정을 달리하거나 하는 법이 없이 한결같이 얌전한 선비의 표정이었다. 그와 서울대학교 독문과 동기 동창생인 김주연 교수에게 이청준의 인간적인 이모저모를 들어 보았다. 대학시절부터 문학적인 생애까지 평생 동지의 인연을 가진 사이이다.

우리는 60대가 넘어서 우연히 지근거리에 살게 되었다. 만날 때마다 이젠 교회에 나가라고 권유했다. 그는 "내 문학이 종교야"라는 말로 웃어넘기곤 했다. "기독교를 믿는다는 건 (나를)문학에서 손을 떼라는 것 아닌가?"라고 대꾸하기도 했다. 또 언젠가는 "예수님이 땅 끝까지 하나님 말씀을 전하라고 했는데, 나까지 믿는다면 더 이상 전할 데가 없어지는 것 아닌지" 등의 반半농담조의 얘기를 나누기도 했다. 그가 세상을 떠나기 얼마 전부터는 "종교냐 문학이냐 하는 기로에서 결정해야 할 때가 되었다"는 신중한 속내를 드러내기도 했다.

김 교수는 개신교 신자로서 친구를 개신교로 인도하겠다는 생각이 은연중에 작용했던 것 같다. 계속해서 이청준 형의 고향 이야기도 들려 주었다. 전남 장흥군 대덕면 고향 마을엔 32가구가 모여 사는 곳이었는데, 그 중 30가구에서 개신교 목사를 배출한 고장이었다고 들려 주었다.

이청준의 소설 『서편제』를 임권택 영화감독은 토속적인 향수를 자아내는 소설 원작의 한恨의 숙명성을 구성진 판소리에 담아 승화시켰다.

…여자가 제 아비를 용서하지 못했다면 그건 바로 원한이지, 소리를 위한 한은 될 수가 없었을 거 아닌가. 아비를 용서했길래 그 여자에겐 비로소 한이 더욱 깊었을 것이고…

−영화〈서편제〉대화의 일부

어쩌면 우리네 선조들은 한을 마음속에 품고 기르는 숙명적인 성미를 갖게 된 것은 아닌지? 판소리로 주고받은 대화가 속 깊이 쌓인 원한을 혼심을 다해 토해내는 것이다.

1970년대에 이청준 형은 한양대학교 국어국문학과에 교수로 초빙되어 교단에 서게 되었다. 그런데 1년여 만에 사직하고 자유의 몸으로 돌아왔다. 이유는 작품을 쓰는데만 열중하기 위해서였다고. 평소에 그가 말했던 "문학은 나의 종교"라고 한 말이 어울리는 처신이었다.

나는 1990년대 중반, 진주에서 도서 방문판매업을 하는 지인으로부터 문학독본 책을 한 권 기획 편찬해 달라는 요청을 받고 이를 위한 작업을 했던 적이 있다. 이때 박경리 선생과 이청준 형에게도 원고를 청탁했다. 그때에 이청준 형이 발표했던 단편소설 한 편을 허락하는 뜻으로 보내준 편지글은 이삿짐에 묻혔는지 찾을 수가 없다. 박경리 선생은 원주로 찾아뵙고 메모한 쪽지 글을 받아 왔었는데, 이것 역시 서재 어딘가에 묻혀 버린 것이다.

이청준 형!
형을 한 아파트에서 살면서 교제한 시간은 짧지만 형의 인품과 문학은 저의 뇌리에 각인되어 있습니다. 엄격한 자기관리, 종교처럼 추구했던 문학 정신은 후학에게 좋은 전설이 될 것입니다. 부디 하늘나라에서도 종종 고향 마을을 굽어보시며 아름다운 추억만 살려내시기 바랍니다.

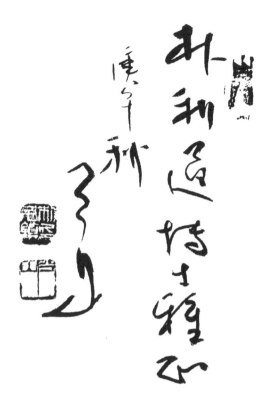

박두진
(1916. 3. 10~1998. 9. 16)

132

광야의 예언자, 현실과 맞서는 시 정신

－수석木石에서 자연의 오묘한 세월을 명상한 박두진 시인

지난 1991년 여름, 나는 박두진 선생님 내외분을 모시고 '수국 작가촌'에 다녀온 적이 있다. 수국 작가촌은 전 한국일보 논설고문인 김성우 시인의 고향인 통영에 인접한 자기 소유의 작은 섬이다. 김성우 시인이 몇 해째 '시와시학' 주간인 김재홍 교수와 함께 그곳에서 시인학교를 주관하고 있을 때이다.

일정을 마치고 선생님 내외분과 함께 사천비행장으로 갔다. 비행장에 도착하면서부터 문제가 발생했다. 선생님께서 자주 화장실에 다녀오시는 것이었다. 얼굴에 피곤한 기색이 역력했다. 김포행 탑승객의 입장을 안내하는 방송 중에 또 화장실로 가시는 것이다. 사모님께서도 좌불안석이 되었다. 나는 화장실 문 앞에서 조바심을 가지고 기다리다가 여쭈었다.
"선생님 탑승해야 하는데, 많이 불편하십니까?"
그래도 반응이 없다. 나는 탑승구로 달려가서 환자가 화장실에서 곧 나오니까, 잠시만 기다려 달라고 간청했다. 10여 분 늦게 탑승할 수 있었는데, 다행히도 선생님께선 담담한 표정으로 김포공항까지 무사히 도착하셨다. 그때에 당황했던 기억이 잊히지 않는다.

혜산^{兮山} 박두진朴斗鎭 선생님과의 인연은 1962년 한국일보 신춘문예에 시가 당선되면서부터였다. 시상식에서 뵙고 받은 첫 인상은 말수가 적고 냉엄한 의지의 소유자로 보였다. 외모도 꼿꼿했고 강골의 기질을 가진 분으로서 감히 접근할 수 없다고 느꼈다. 선생님을 찾아가 인사를 드리거나 어떤 모임에서 뵙거나 할 기회가 전연 없었다.

그렇게 10여 년이 흐른 뒤에 선생님 댁을 방문할 기회가 생겼다. 유신 정국 이후 숭실고등학교로 직장을 옮긴 1970년대 중반이었다. 부임한 학교에서 김정우 시인(당시 박두진 선생님에게 시 공부)을 만나 함께 선생님 댁을 방문했는데, 앞마당에 야외 전시장을 방불케 할 정도로 수석이 널려 있었다. 그 후 나는 선생님을 따라 목계를 중심으로 수석水石을 고르는 여행을 여러 번 가졌다.

박두진 선생님의 시세계는 기독 세계관이 기저에 숨겨져 있다. 시로 노래하고 시로 기도하는 신앙시인이었다.

마지막 내려 덮는 바위 같은 어둠을 어떻게 당신은 버틸 수가 있었는가? 뜨물 같은 치욕을, 불붙는 분노를, 에여내는 비애를, 물새 같은 고독을, 어떻게 당신은 견딜 수가 있었는가? 꽝꽝 쳐 못을 박고 창끝으로 겨누고, 채찍질해 때리고, 입 맞추어 배반背叛, 매어 달아 죽이려는, 어떻게 그 원수들을 사랑할 수가 있었는가? …(중략)… 스스로의 목숨을 스스로가 매어 달아, 어떻게 당신은 죽을 수가 있었는가? 신이여! 어떻게 당신은 인간일 수 있었는가? 인간이여! 어떻게 당신은 신일 수가 있었는가? …(후략)

「갈보리 노래. 2」에서

직언의 화술로써 울부짖는다. 마태복음 27장에 기록된 사실에 대한 시인의 참회록이 된 것이다. 이 시는 하나님 나라의 의義를 위해, 인류를 구원하기 위해, 자기희생의 고통을 감내하고 부활 승천하신 예수 그리스도에 대한 참회의 시가 되었다.

바람에 불리우는 들꽃을 보네.
하얀 꽃을 보네
파아랗게 하늘 바람 땅으로 불고
꽃 목처럼 흔들리는 그리움을 보네.
일렁이는 그 추억 그리움의 물굽이
당신의 희디 하얀 나비
혼자서 노을 저편 바달 향해 가는
밤 오면 하늘, 바다,
별이 함빡 난만한
그 때 우리 하나의 넋
꽃 만세를 보네.

　　―「가을꽃」

'혼자서 노을 저편 바달 향해 가는' 관념으로서 펼쳐 보이는 가을의 서경敍景을 보여주는 시이다.

나는 1970년대 말 숭전대학 시절 박 선생님을 석사논문 심사위원으로 모신 적이 있다. 박요순 교수의 지도 아래 '김현승론'을 썼다. 이때도 박 선생님을 대전 캠퍼스로 모시고 다녀온 인연이 있다.

朴利道學兄

春香

박성룡
(1934. 4. 20.~2002. 7. 27)

다정다감했던 성품의 시인이자 언론인

−식물성에의 소묘로 자연계를 조망한 박성룡

시인 박성룡朴成龍 선생은 평생 언론계에서 지낸 언론인이다. 한때 여기 저기 신문사를 전전하다가 서울신문 문화부에서 은퇴할 때까지 근무했다.

내가 직장을 대학으로 옮긴 후, 신문사로 들른 적이 있다. 그 자리에서 "박 교수, 이제 대학교수가 되었으니까 출세하려면 우리 신문에 자주 얼굴을 내밀어야 돼."라고 농담조로 말했다. 뜬금없는 권유였다. 그러면서 내가 북에서 월남한 사실을 알고 있는 터라 반공이나 북한의 민감한 이슈가 대두할 때면 지상 토론 특집기사나 한 마디 의견을 묻는 한 줄 앙케트 등에 연락을 해 오곤 했다. 다정다감한 인품, 조용한 어투로 나에게 친근감을 주는 분이었다.

그의 두 번째 시집『춘하추동春夏秋冬』에 실린 시편이다.

비명碑銘
−고故 지훈芝薰 선생을 위한

이름은 돌보다 종이에 새기렷다.
여기 누었구료, 그 들끓던 가슴 성북의 한恨*
몇 천 년 풍화에나 닳아야 잊힐련가

여기 누웠구료, 그 안경 알 속의 아픈 비수.

*恨의 오자인가 싶다.

곤충학자昆蟲學者

나는 어느 날 어느 곤충학자 한 분의 댁을 방문하였다. 일찍이 "일
생을 벌레와 함께 살기로 작정하였다"는 이 노학자의 말을 나는 무슨
인생철학처럼 귀담아 들으면서 웬일인지 시선은 자꾸만 그 노학자의
서재 사면에 붙어 있는 곤충채집의 액자들로 향하였다. 그 액자들 속
에는 갖가지 곤충의 아름다운 날개들이 핀에 꽂인 채 푸두둑거렸다.

사면이 울창한 숲에 둘러싸인 속에 그 곤충학자의 집은 있었고, 더
욱이 서재는 높은 이층에 위치한 탓인지 언젠가 한 번은 그 벽에 걸린
곤충의 날개들로 하여금 이 노학자의 가옥은 기어코 어디론지 푸두
둑 푸두둑 날아가 버릴 것 같은 기세를 보이었다.

-돌아오는 길에는 이미 내 사지四肢에도 크낙한 곤충의 날개들이
돋아나고 있는 것 같은 착각을 일으켰다.

박성룡의 시세계는 자연계의 식물성에 대한 소묘시素描詩가
많다. 그 시편들은 소박하고 간결한 서정시의 품격을 갖추고
있다. 자가류의 간명한 표상법을 갖고 있었음을 말하는 것이
다. 앞에 제시한 시편들은 박 시인의 시에 관한 이미지와는
궤를 달리하는 작품이다. 「비명碑銘」은 고故 조지훈 시인에 대

한 절실한 추념시이다. 조지훈 선생과의 평소에 갖고 있던 인간관계와 그의 문학에 대한 감정을 표한 것이다.

「곤충학자」는 특정인물을 통해 얻은 감동의 장면을 담담히 서사敍事적인 이야기체로 옮겨 놓은 것이다. 곤충학자의 집에 진열된 곤충을 보고 느낀 강렬한 인상기를 은유화한 것이다.

1970년대 말경 그는 내가 근무하던 현대경제일보사에서 함께 일한 적이 있다. 1년 여 있는 동안 짬짬히 교제하던 일, 특히 내가 신문사 주변에서 우연히 김현승 선생님을 만났던 얘기 끝이 또 다른 그의 내력을 알게 된 것이 있었다. 주말에는 수색에 거주하던 김현승 선생님 댁에 광주 지역 출신 문인들이 가끔 모이곤 했다는 것이다. 김 선생님께서 손수 끓여 내는 커피도 마시고 화투놀이도 하곤 했다는 얘기 등을 종종 나누던 시절이 새롭다.

박이 도럄 없게

현길어

문학과 성경

현길언
(1940. 2. 17~2020. 3. 10)

지사志士형의 신앙 동지
−왜곡된 4.3사건 등에 대한 비정批正에 앞장 선 작가 현길언

작가 현길언玄吉彦 교수는 나의 문학 인생 말년의 아주 친근했던 친구였다. 그를 처음 만난 것이 언제 어디서였는지는 기억이 흐릿하다. 서로 그 이름만 알고 지내다가 내가 한국기독교문인협회 회장을 맡은 후, 현 교수를 차차기 회장으로 모시면서 교류가 잦아졌다.

2019년도 '한국기독공보'가 실시한 신춘문예 시상식에서였다. 식사를 마치고 둘이서 잠깐 만나자고 귀띔하는 것이었다. 사연인즉 자신의 건강문제로 크게 낙심한 소회를 털어놓는 것이 아닌가. 나는 내심 당황했으나 지금은 치료술이 좋아졌으니 걱정하지 말라고 태연스레 덕담만 나누고 헤어졌다.

그 후 나는 두어 차례 과천으로 찾아가 그의 외롭고 우울한 감정을 달래 주곤 했다. 그도 그러는 것을 원했기 때문이다. 나도 4,5년 전 초기 위암 시술을 받았다가 의료사고를 당해 사지에서 헤매다가 살아난 과거를 그도 잘 알고 있었기에 우리는 서로 동병상련의 심정에서 서로를 위로해 주곤 했던 것이다.

작가 현길언은 제주도 태생이다. 그는 소년 시기에 직접 4.3사건을 체험한 세대이다. 우리 현대사의 쟁점 중의 하나인 4.3사건을 그는 외면할 수 없었다. 그의 문학의 상당한 부분이 4.3사건을 다룬 고발문학으로 볼 수 있다. 장편『한라산』을 비롯 대부분의 작품이 4.3사건의 진실을 밝히려는 의지를 보여준다. 그가 사망하자 한 산문의 부고 기사에 "정치권력의 역사왜곡 안 돼"라는 제목의 기사가 났다. 4.3사건을 다뤄 온 소설들의 성향을 상징적으로 보여주는 제목이었다.

또 한편으로는 하나님의 말씀으로 된 성서를 문학의 관점에서 다룬 저술도 있다. 『문학과 성경』이 그 책이다. 이 책은 '저자의 말'에서 밝혔듯이 "성경책은 언어의 구조물이며 그 속에 보이지 않는 가치를 추구한 서사구조, 신화적인 은유로 이루어진 문학"으로 본 성경을 탐구한 책이다. 저자가 집필한 의도와 자신의 신앙적 깊이를 드러내는 생각을 담고 있다. 머리글의 부분을 옮겨 그의 신앙과 문학에 관한 철학의 편린을 엿 본다.

그는 "하나님의 존재성을 가장 극명하게 드러내는 문서인 이 성경이 시공과 계층을 초월하여 독자 개인에게 적절한 의미를 줄 수 있는 것은 '문학으로서의 성경의 힘'이 중요한 몫을 차지"한다고 보았다. 이어서 "'하나님 말씀'으로서의 성경의 힘은 이데올로기적 신앙의 차원이기 전에, 성경이 자족적으로 지니고 있는 문학성에 의한 것이라고 생각"했다. "문학은 궁극적으로 인간과 세계에 대한 탐구의 한 양식이라고 생각한다. 그런데 문학의 대상은 과학적인 학문으로 가능할 수 없는 영역이다. 그래서 인간과 세계에 대한 탐색은 학문과 문학(예술까지 포함)이 연합에서만 가능하다는 것이 문학에 대한 내 생각의 중심 틀"이라고 말한다.

'저자의 말' 말미에는 이렇게 마무리하고 있다.

내 글쓰기와 공부를 위해 새벽마다 기도하는 아내와 내 건
강과 일을 걱정해 주는 여러분들, 마지막으로 무성에게, 네
지식과 학문이 야훼의 섭리를 이 땅에 이루는데 소중하게 쓰
이기를 기대하는 마음에서 이 책을 네게 준다.

2002년 7월 29일 한양대 안산캠퍼스 연구실에서 현길언

그는 대학에서 은퇴 후 '평화의 문화연구소'를 설립해 계간
'본질과 현상'을 20여 년 가까이 발간해 왔다. 종합지로서의
위상을 높여 준 지성인의 잡지가 되었었다.

고인이 된 그의 조용한 어투, 제주 토박이 억양의 사투리
로 조용조용 말하던 얼굴 표정이 아직 내 안에 살아 있다.

하 수 아 바

박체道 교수에게

그늘을　지나　준근은　비ㅌ
작 하 였 다 .　퍼　그
무 척　가 까 이　　　　어 진
리 워 지 는　노 나　　　　다
뜯　감 이　　흐 르　　　　에
느 끼 면 서　　빈 기 ... 이　한

창작집
목넘이 마을의 개
황 순 원

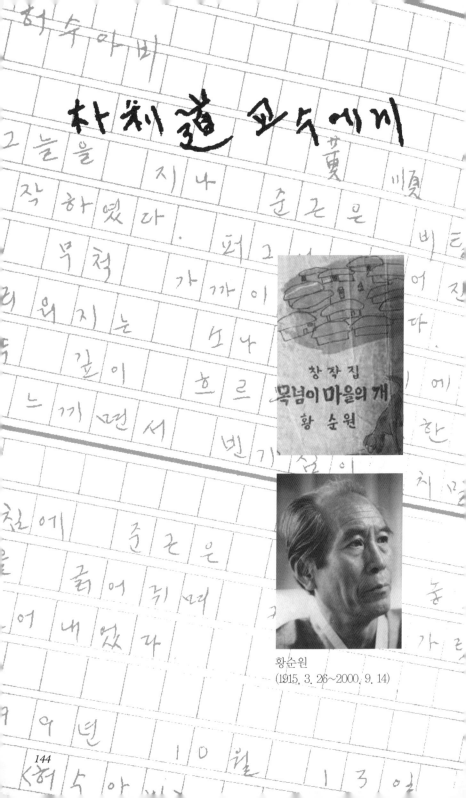

황순원
(1915. 3. 26~2000. 9. 14)

초 에　준 근 은　지
를　굶 어 귀 떠
어 내 었 다 　가

9 0 년 　10 월 　13 일
허 수 아 ...

"내 앞에선 남을 흉보지 마라"
—시로 등단해 소설가로 대성하신 은사 황순원

황순원 소설가가 영국의 한 잡지 '엔카운터'에서 주는 문학상을 받았다는 기사를 고등학교 시절에 읽은 기억이 새롭다. 비영어권의 문학작품을 대상으로 주는 상인데, 우리나라 황순원 소설가가 받았다는 기사였다. 자료집을 찾아보니 1959년에 단편「소나기」로 수상한 것이었다.

소설가 황순원黃順元이라는 함자銜字를 처음 알게 된 것은 국민학교 6학년 때의 일이다. 2년 터울의 가형家兄은 소설집을 탐독했다. 심지어 시험 기간에도 어머님의 눈을 피해 소설책 읽기에 열중했다. 그때 나도「목넘이 마을의 개」등 황순원 선생님의 단편을 읽을 수 있었다.

경희대학교 학부 시절엔 스승으로 모셨고, 모교 대학원에서 학위 과정을 이수할 때는 지도교수로 모셨다. 1990년대엔 사당동으로 이사를 했는데, 황 선생님이 같은 단지에 살고 계시다는 사실을 후에야 알았다.

꿈, 어젯밤 나의 꿈
이상한 꿈을 꾸었노라
세계를 짓밟아 문지른 후
생명의 꽃을 가득히 심고

그 속에서 마음껏 노래를 불렀노라

언제고 잊지 못할 이 꿈은
깨져 흩어진 이 내 머릿속에도
굳게 못 박혔도다
다른 모든 것은 세파에 스치어 사라져도
나의 이 - 경의 꿈만은 길이 존재하느니.

　　　　　　　-「나의 꿈」, 1931년 사월

이 「나의 꿈」은 선생님이 '동광東光'에 발표한 첫 작품이다. 선생님께 시 한 편을 친필로 적어 주십사 하고 간청해 받은 것이 「나의 꿈」 등이다. 이 친필 글씨는 1996년 9월 25일에 써주신 것이다. 그 후 몇 년 뒤에 또 써주신 것은 단편 「허수아비」의 한 단락이다.

나무 그늘을 지나 준근은 비탈길을 내리기 시작하였다. 퍼그나 떨어진 마을에서 닭이 무척 가까이 울었다. 준근은 마을이 가리워지는 소나무 사이에서 갑자기 가슴속 깊이 흐르는 비릿한 나뭇진 냄새를 느끼면서 빈 기침이 치밀어 올랐다.
잇달은 기침에 준근은 단장을 놓고 주저앉아 흙을 긁어쥐며 커다란 가랫덩이 하나를 뱉어 내었다.
1999년 10월 13일
황순원 단편소설 「허수아비」에서 한 단락을 옮겨 쓰다.

이런 친필 글씨를 받게 된 것은 나에게 황 선생님의 글씨를 대형 부채에 써달라고 간청해 온, 당시 동국대에 재직하고 있던 H교수 덕분이었다. 그 자리에서 원고지에 나도 글씨를 받게 된 것이다. 그날 선생님의 얼굴 표정은 아주 불편해 보였다. 나는 죄책감에 몸 둘 바를 몰랐다. 남의 청탁을 받아 마지못해 취했던 내 처신을 뉘우친 계기가 되었던 것이다.

언젠가 수업이 끝나고 학생들이 선생님을 모시고 학교 앞의 다방에 들러 한담을 나누고 있었다. 한 학생이 현장에 없는 어느 학우의 잘못을 얘기하는 것을 들으시고는, 정색을 하시고 "내 앞에서는 남을 흉보지 마라. 내 앞에선 남을 욕하지 말라"고 훈계의 말씀을 하신 것이다. 순간 좌중은 찬 물을 끼얹은 듯 조용해졌다. 나는 지금까지 그날의 말씀을 명심불망銘心不忘하고 있다. 그 말씀을 지키려고 노력해 왔다.

'황순원기념사업회'와 양평군이 공동으로 주관하는 황순원 문학상 등의 시상식을 소나기마을에서 거행했다(금년은 코로나 19로 비대면). 올해로 9회째를 맞는 시상에서는 채희문 작가, 백시종 작가, 강정구 문학평론가 등이 수상한 바 있다.

황순원 선생님이 타계한 지 20주기가 되었다. 소나기마을에는 황 선생님과 사모님 양정길楊正吉 여사 내외의 분묘가 있다.

박형

시집 暴雪 잘 받았읍니다.

...

늘봄 선생과 함께
朱泰益 지음

주태익
(1918~1978. 2. 24)

그ㅇ일 주태익

전영택 목사를 스승으로 모셨던
방송작가 주태익
―백합보육원 경영 시절과 월남 후의 인생 역정

1960년대 후반, 당시 '크리스천신문' 김태규 국장의 인도로 종로통의 어느 다방에서 주태익 선생을 뵙고 인사를 드렸다. 이 무렵 소설가 전영택, 이종환, 시인 이상로, 황금찬, 방송작가 이보라 등의 원로들과 김우규, 반병섭, 석용원 선생 등을 뵙곤 했던 기억이 있다. 기독교서회와 종로서적이 있던 종로 2가 주변에 '전원', '유전'이나, 기독교방송국이 있던 종로 5가의 '호수' 다방 등에 개신교 신앙을 가진 문단의 어른들이 단골로 들르던 시절이었다.

주태익 선생은 '루터란아워'(지원용池元溶 목사) 선교방송에서 후원했던 "이것이 인생이다"를 오랫동안 집필하며 KBS 등 도하 각 TV나 라디오에 많은 방송극을 써 유명세를 타고 있었다. 암산밖山 주태익 선생의 희곡 「마지막 배」 대사 한 대목을 보자.

성국 : 달걀로 바위 때리기라이. 김일성의 뒤르 스타린, 모택동이 도와주자 어느 뉘가, 뉘가 당하겠니?

성민 : 성님, 우리으 뒤르 누가 담당하시는 지 아시오? 만유의 주 여호와 하나님이라고 했지 아니요. 잉? 세상에서리 하나님으 힘으 당

할 자가 뉘 잇음매? 하나님으 우리 펜이오. (성국이 이번에는 성민의 연설에 공감하는 표정)

봉명 : 그렇지요, 믿음으로 할 수밖에 없지 않습니까? 앞 일 뉘 앎디까(한숨) 어찌될지….

이 대사는 6.25 당시 흥남에서 철수작전이 벌어지던 시기에 개신교 신앙을 가진 한 집안에서 벌어진 장면이다. 흥남 북부까지 중공군이 내려오던 무렵이었다. 국군과 유엔군이 중공군의 인해전술로 전쟁에 참가함으로써 다시 남으로 철수해야 할 긴박한 상황에서 신앙인들이 주고받는 대화록이다.

주 선생은 평남 대동군 출신이다. 앞의 희곡에선 함경도 사투리를 쓰고 있다. 희곡「마지막 배」를 인용한 것은 작가의 폭넓은 장르적 다양함을 통해 그의 문학적 재능을 엿보고자 함에 있다. 그의 판소리 대본「판소리 예수전」「팔려간 요셉」등 일련의 작품들은 한국 기독교 예술의 지평을 넓히는 계기가 되었다.

"어화 세상 사람들아
이 내 한말 들어 보소
우리 주님 부활하셨네
십자가상에 매달려
창칼에 찔리신 우리 주님….
죽음에서 살아나셨네
우리 주님 부활하셨네
할렐루야 얼씨구 좋다

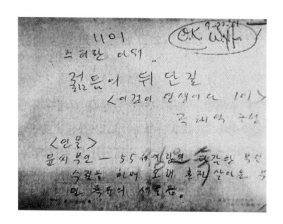

할렐루야 얼시구씨구 절씨구 할렐루야….

　「판소리 예수전」이 세상에 빛을 보게 된 것은 당시 초동교회 조향록 목사가 기독교방송 시청각교육국장을 맡으면서 시작되었다. 주 선생과 합심하여 명창 박동진 씨에게 청탁했다. 그는 처음엔 극구 사양했으나 대본을 읽고 나서 스스로가 예수를 믿게 되면서 성서 「판소리 예수전」을 판소리로 불렀다. 처음에 교계 일각에서 반대 의견도 있었으나 이것이 전파를 타고 퍼지자 교계뿐만이 아니라 국민적 호응을 받게 된 것이다.

　주 선생을 종로 일대에서 뵙던 시절 나는 문단의 초년생이라 감히 대담할 계제가 아니었다. 그러던 중 신간 시집을 우편으로 부쳐드렸는데 친필로 자상한 격려의 말씀을 보내주셨다. 그 후에는 만날 때마다 "박이도 시인"이라고 불러 주시곤 했다.

그가 쓴 『늘봄 선생과 함께』는 소설가 전영택 목사와 함께한 시절을 자상히 기술한 것인데, 나는 아주 흥미롭게 읽던 기억이 있다. 이 책은 전영택 목사와 함께 했던 자신의 자서전적인 성격도 띠고 있다.

또한 그가 해방 전 1942년부터 자력으로 백합보육원을 경영할 때의 이야기, 주 선생과 동향이면서 보육원 일을 도왔던 김연신金璉新 선생의 회고담 중에서 강양욱 목사와 평양학생 사건을 요약해 본다.

강양욱 목사(김일성의 외삼촌)의 아들이 백합보육원에 왔다가 돌아가는 길에 테러를 당해 사망하자 당국의 감시가 심해졌다. 그 이듬해인 1946년 3·1절 기념행사장(평양역 광장)에서 스탈린·김일성 만세 삼창에 반대하는 학생들이 폭탄을 투척해 소련 고급 장교가 사망한 사건이 있었다. 이 사건의 배후 인물로 드러난 주태익 선생은 옥고를 치르기도 했다.

–조향록 목사 등이 쓴 「내가 만난 주태익」에서

주 선생의 17주기를 맞아 조향록 목사의 권유로 장남 주대명(가톨릭대 은퇴)교수, 삼남 주대범朱大凡 작가와 이 반 작가 등이 『내가 만난 주태익』이라는 추도집을 발간했다. 이 책에는 조향록 목사, 이범선 선생을 비롯한 주 선생의 동향인 박봉랑 목사 등의 회고담이 담겨 있다. 삼남의 회고담에 따르면, 「판소리 예수전」이 세간에 큰 화제를 일으키자 문익환 목사가 「판소리 예수전」은 '태익 복음'이라고 말씀하시곤 했다는 일화를 전하기도 했다.

주 선생은 각종 공익사업에 헌신하셨을 뿐만 아니라 애국 운동에도 신명을 다했던 분이다. 주 선생과 전영택 목사, 강양욱 목사는 모두 대동군 출신들이다.

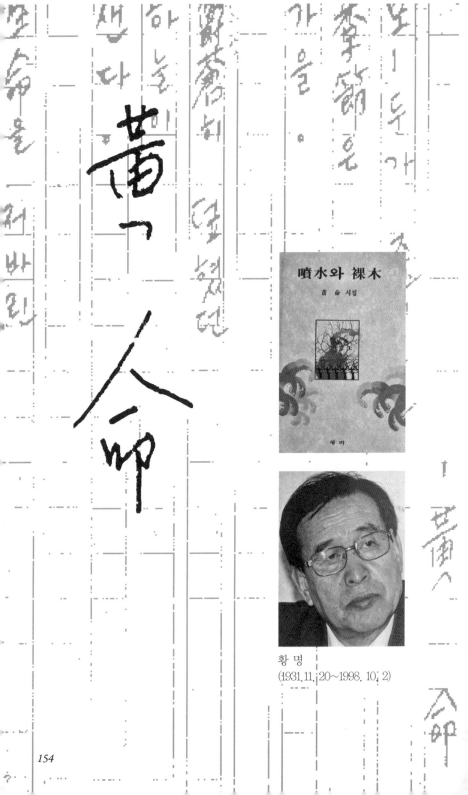

噴水와 裸木

黃 命 시집

새미

황 명
(1931. 11. 20~1998. 10. 2)

154

동아일보 신춘문예로 등단한 문단의 풍운아
─자상한 맏형처럼 문협 이사장으로 활약했던 황 명

황 명 선생님께서 한국문인협회 이사장 시절, 문공부에서 주관한 '문학의 해' 기념행사를 하는데, 선생님은 나에게 전국의 동인지들을 모아 우수한 동인지를 심사해 시상하는 책임을 맡겨 주셨다. 그 때 행사를 집행하는 책임자로서 보여 주던 열정을 잊을 수 없다. 그 열정이란 다름 아닌 전 회원이 관심을 갖고 참여하는 행사가 되도록 하겠다는 것이었다.

그 무렵 선생님은 "박이도, 바쁜가? 한 번 나와라"라고 반말을 쓰곤 했다. 그만큼 격의 없이 대해 준 것이다. 그렇게 격의 없이 대해 준 것은 이미 1960년대에 동인지 '신춘시' 시절에 맺은 친분이 있기 때문이다.

1963년 신춘시 동인회가 결성되고 『신춘시』 제1집이 발간되었을 때, 문단의 여러 원로들이 기대에 찬 축사를 도하 신문 잡지를 통해 보내 왔다. 이 무렵 '60년대 사화집' '청미' 등 동인회가 출범하여 문단에 경사가 난 터였다.

이 푸른 아침에
내 창가에 날개를 조아리는
새 한 마리 있어
가만히 창을 열었더니

느닷없이 내 방, 그 눈부신 고독 속으로
분간도 모르고 들어온다.

시끄러운 세상보다는 숫제 내
고향 같은 아늑한 곳에 가서
책이나 읽고 싶은 마음으로
이렇게 찾아든 것일까
이 푸른 아침에.
   ―「푸른 아침에」

어머니, 당신의 그 따스한
손길이 내 볼기짝에 와 닿던 그 시절
나도 분명히 저랬을 것입니다
그런데, 오늘은 너무 춥습니다
봄 동산에 꺾어 던진 진달래도
여름날의 황홀했던 커튼도
이제는 모두가 멀리서 하얗게
눈을 맞으며 서 있습니다
어머니, 오늘은 내가
텅 빈 겨울 한복판에 와 서 있습니다.
   ―「나목.1」

너무도 오랜 시간이 흘러서 혹시
그 낱말을 잊어버린 것은 아닐까 하고
오늘

불러 보는 이름이여

어머니,

어머니,

어머니,

아직은 그래도 잊어먹지 않았구나

이렇게 소리도 나고 눈물도 나는 것을 보면.

　　　　　　　　　　　　　　　　　　－「어떤 희한한 실험」

　문학평론가 채수영은 황 명의 문학과 인간을 개괄한 평문에서 "황 명은 1950년대의 폐허와 절망의 혼란 속에서도 희망과 인간애의 정열을 분수의 솟구침으로 상징했다면, 죽음에 임박해서는 현실의 중심에서 물러난 세상과의 거리를 안타까움으로 바라보면서 거리 조정에 허무를 느끼고 스스로를 나목에 비유하면서 또 다른 세상으로 날아가려는 발상으로 새를 등장시켰지만 끝내 이루지 못하고 세상을 떠났"고 회고했다.

　황 선생님이 휘문고교에 재직할 때이다. 동인들을 자택으로 초대한 적이 있었다. 저녁식사를 마치고 여흥으로 화투놀이가 시작되었다. 나는 화투놀이를 해 본 적이 없다고 말해도 믿어 주지 않았다. 몇 판이 돌고 나서 황 선생님이 나를 자기 옆에 앉히며 가르쳐 주겠다고 했다. 자기가 화투짝을 돌리는 차례가 되자 좌중에 농담조로 "자 이번엔 박 시인에게 한 판 몰아줄 테니 잘들 해 봐." 라며 화투짝을 돌렸다. 결과는 내가 승자가 되어 판돈을 챙길 수 있었다. 그의 마술(?)에 가까운 화투짝 돌리기의 비법에 새삼 경탄했던 일이 잊히지 않는다.

　항상 호쾌한 성미로 문단 후배들에게 자상했던 큰 형님으로서의 풍운아, 황 명(본명 복동福東) 선생님의 명복을 빈다.

letters

뵌 지 꽤 오랜 듯합니다. 늘 티끌 없으신 맑으신 형의
표정 속에서 저는 항상 찾아보기 힘든 소박함과 질박함을
되찾으며 살아가곤 합니다. 오랫동안 서로 간직하며
살아온 우리의 정의情誼랄까 그것은 참으로 형언할
필요조차 없는 우리의 신중함이며, 또 그럼으로써 보람
같은 것을 느끼며 살았지 않나 싶기도 합니다. 솔직히
말씀드려서 저는 늘 형의 배려 속에서 살았다는 생각이
듭니다. 구구하게 설명드리지는 않겠습니다. 하지만
베풀어진 형의 애정의 그릇을 저는 늘 빈 그릇 채로
되돌려 보낸 듯하여 몹시 후회하며 공허하게 느끼며
살아갑니다. 일일이 뭔가 설명드릴 수 없는 인간관계,
그리고 굳이 설명할 수도 없는 인과因果로 해서 때로는
모든 것이 허망하기도 하답니다. 아무튼 그 따뜻한
배려에 보답치 못한 죄의식에 대해 오늘은 이 두서 없는
글로라도 용서를 빕니다. 무슨 일 끝에 문득 형 생각이

떠올라 붓을 잡았습니다. 앞으로도 계속 좋은 글 쓰셔서
메마른 시단에 등불이 되어 주시길 빌겠습니다.

1991년 4. 26 김시철 배

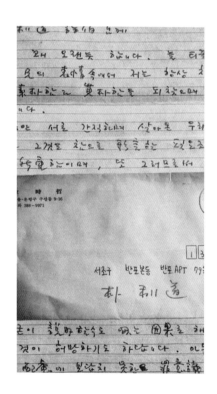

신봉승
(1933~2016)

문예 전 장르를 아우른, 불세출^{不世出}의 명성

-신봉승의 사극^{史劇} 〈조선왕조 5백년〉 등

　나의 첫 직장은 여성잡지 '여상'을 발행한 신태양사였다. 이곳에서 2년 가까이 근무하는 동안 대학선배인 신봉승 선생을 자주 만날 수 있었다. 사연인즉 신태양사에서 출판해 베스트셀러가 되었던 『저 하늘에도 슬픔이』를 영화화 하는 데 관련하여 업무차 방문할 즈음이었다.

　대구 지역의 한 국민학생이었던 이윤복 군이 쓴 생활 수기를 그의 담임 선생이 몇 차례 찾아와 출판해 달라고 사정해 왔다. 해를 넘겨 출판했는데, 며칠이 지나니까 주문이 쇄도하기 시작했다. 전혀 기대하지 않았던 일이다. 한동안 주문이 너무 많아 바로 대처하지 못할 정도였다. 이는 당시 출판계의 화제 거리가 되기도 했다. 이것을 신봉승 선생이 각색해 김수용 감독이 동명의 영화로 제작, 이 역시 성공했다.

　그 시절, 잡지사에 자주 들르던 문인들은 신봉승, 박봉우, 이어령, 고 은, 삽화를 그려 주었던 천경자, 박고석 등 여러분이었다. 그 무렵 신태양사에는 유주현 주간, 이경남 편집장을 비롯해, 시인 주명영, 김송희, 전봉건, 정현종, 소설가 김문수 등이 근무했었다. 유유상종이라던가, 친분이 있거나 혹은 청탁 원고를 가지고 많은 문필가들이 사랑방처럼 드나들었다.

오백 년 전에 쓰여진
역사에 꾸밈이 있는 것처럼
천 년 전에 쓰여진
역사에 진실이 있음을 아는 것은
오늘 우리가 사는 것이
역사이기 때문이다.

오백 년 전이거나
천 년 전이거나 역사는
사람이 사는 것을
사람이 적었던 탓에
진위를 가리기 어렵다고 하는 것은
두려움을 모르는 오만이다.

역사가 두려운 것은
오늘 우리가 사는 것이
역사이기 때문, 역사를 적은 문자가
두려운 것이 아니라
삶이 두려운 것이다.

―「단상(斷想)」

　　신봉승 선생은 1960년 '현대문학'으로 등단했다. 시와 문학
평론 두 장르로 등단해 화제를 모았다. 여기서 멈추지 않고
시나리오 「두고 온 산하」(1961)가 현상공모에 당선됐다. 그의
후반기에 속하는 1980년대를 전후로 희곡집 『노망과 광기』,

시집 『초당동 소나무 떼』 등이 출판되기도 했다. 이 무렵부터
는 대학교수로 강단에서 후학을 지도했다.

　무엇보다도 그의 최대의 성과는 〈조선왕조 5백년〉(1983
~1990)을 MBC에서 시리즈로 방영한 것이다. 그리고 말년
에는 세종대왕의 많은 업적을 기리고 그의 창의적 위민정신
을 선양하기 위해 불편한 노구에도 불구하고 전국으로 초청
강연을 다녔다. 그의 생애의 이력은 다 헤아릴 수 없다. 그의
춘천사범학교 은사이신 황금찬 시인은 "예술의 천재성을 가
진 사람이다. 문학의 어떤 장르든지 시작하면 이루어지게 되
어 있었다"고 제자 신봉승의 천재성을 기리기도 했다.

그대들은 나이테로
세월을 간직하면서도
아픔도 서러움도 내색하지 않았네.

초당동을 스쳐간
피멍든 가슴앓이
눈물에 젖은 옷자락을
한으로 말릴 때도

의연하였네.

…(중략)…

초당동 소나무 떼는
억센 톱날 도끼날도 받아들이는

이웃을 다독이는 사랑이었네
세월을 지키는 파수꾼일레.

평생 살아온 집 뜨락의 소나무 떼가 겪어 온 세월을 추상追
想하는 자서전적 명상의 한 대목이다. 고인이 된 신봉승 선생
을 생각하면 1960년대, 신태양사를 방문하시던 모습, 한 여
름에도 단정한 흰색 정장의 옷차림으로 들어서시던 모습이
그립다.

박이도 교수님

보내주신 시집『홀로 상수리나무를 바라볼 때』감사하게 받았습니다.

늘 정답게 전해주시는 선생님의 마음과 같이,

잔잔함의 시간을 읽을 수가 있었습니다.

늘 왕성한 작품 보내주시어 감사합니다.

1991. 4. 24

윤석산

제자에게

김현

김 현
(1942. 7. 29~1990. 6. 27)

자유분방했던 한글세대의 기수 김 현
─시인의 감성을 꿰뚫어 보는 긍정의 시학 펼쳐

올해(2020년)로 김현 형이 작고한 지 30주기가 되는 해이다. 생전에 다정한 말씨로 환하게 웃던 모습이 생생하다. 1960년대 동인지 『사계』를 만들던 몇 해를 빼면 나는 그와의 만남이 간헐적이었다. 1980년대엔 반포의 한 단지에 살면서도 말이다. 그만큼 김 현은 공공公共의 중심인물이었다.

내가 문학평론가 김 현(본명 김광남金光南)을 처음 만난 것은 1966년 봄이었다. 황동규 시인이 김 현과 함께 내가 근무하던 신문사로 찾아 와서 동인지 발간에 대한 취지를 설명하며 동인활동을 하자고 제안해 온 것이다. 당시 나는 이미 '신춘시' 동인으로 활동하던 터라, 잠시 망설였으나 개의치 않고 의기투합하기로 했다. 그렇게 해서 동인지 『사계四季』*가 첫선을 보인 것이 1966년 6월이다. 1집은 5백 부 한정판이고, 2집 350부, 3집 350부 한정판이었다.

나는 모든 작품은 그 이전에 나온 작품에 대한 긍정적/ 부정적 성찰의 결과라는 명제와, …(중략)… 초기에 내가 그때까지의 문학을 역사적으로 이해할 필요성에 부딪쳤던 것과 마찬가지로, 1980년대의 문학적 분출을 이해할 필요성에 부딪쳤기 때문에 생겨난 현상이라고 적시했다. 또 나는 변화하고 있지만 변화하지 않고 있었다. 리듬에 대한 집착, 타인의 사유의 뿌리를 만지고 싶다는 욕망, 거친 문장에 대한 혐오… 등은 변화하지 않은 내 모습이다.

　　—「분석과 해석」의 책머리에서

　앞의 평론집에 앞서 내놓았던 『책읽기의 괴로움』을 썼을 때와 자신의 비평 자세를 성찰하는 글이다.
　그는 아주 소탈하고 자유분방한 성품이었다. 언젠가 동인들을 신당동 집으로 초대했다. 중국 음식을 시켜 놓고 코가 삐뚤어질 만큼 거나하게 먹고 마시던 날의 기억은 나로서는 처음 경험했던 자리였다. 언젠가 서린동 낙지 골목에서 예의 친구들과 평론가 김치수 형이 합석한 자리였다. 그 무렵 대포집 등에는 드럼통에 연탄불을 놓고 영업하는 곳이 많았다. 서너 명이 둘러앉아 막걸리 파티가 이뤄졌다. 예의 젓가락으로 박자를 맞추며 노래를 부르는 돌림이었다. 한 곡조가 끝나면 옆에 앉은 친구에게 자연스럽게 바통을 넘기는 것이다. 아, 내 차례가 돌아왔는데 나는 그 분위기에 맞는 노래를 아는 것이 없어 선창하지 못하고 우물쭈물하다가 옆 친구에게 넘겨 주고 말았다. 어물쩍 순서를 넘기긴 했으나 나는 속으로 크나큰 낭패감을 맛보았다. 그 많이 불리던 유행가 한 곡조도 불러제끼지 못했다니, 참으로 딱한 처지였다.
　김 현이 프랑스 스트라스부르대학으로 유학을 갔다가 건강에 문제가 생겨서 조기에 귀국했다. 귀국하던 날 황동규 형과 반포에 있던 그의 아파트에 들러 위로의 시간을 갖기도 했었다. 그때도 김 형은 밝고 환한 얼굴로 마주할 수 있었다.

나의 첫 시선집인 『빛의 형상』(1985)에 김 형이 평설을 써 주었다. '숲속의 환상적 아름다움'이라는 제목으로 썼다. 그의 평설은 서정시의 바탕이랄 수 있는 원초적인 감수성에서 촉발하는 내면을 투시해 보는 감상으로 채워져 있었다. 지금 내 서가엔 김현문학평론집 『분석과 해석』이 남아 있다. 그 속에 친필 사인 '김 현'이란 흘림체의 필적을 확인해 본다.

*'사계' 동인은 황동규, 박이도, 정현종, 김화영, 김주연, 김 현(무순)

남편의 영전에

그 날에 남편의 싸늘한 이마에는 흰 눈(雪)이
손 중에 잡간 상가는 (喪家) 는 촛불로 밤을 밝
하였습니다. 어린 자녀들은 베옷을 입고
뒤를 오열속에 몸부림치며 따라 가야만 했고
얼 한산의 나이 어린 "성, 의 상복차림은 보
애처러운 뿐이 였습니다. 아아, 이 기막힌
빨리 흐르른 정말 볼일끼에 그 처절한우

임인수
(1919~1967. 7. 31)

마음이 가난했던 무욕무심의 시인 임인수

─시집『땅에 쓴 글씨』는 문우들이 출판해

　임인수 시인을 처음 뵌 것은 1960년대 중반이었던 것으로 기억된다. 종로의 기독교서회 주변 어느 다방이었다. 전영택 목사 등 많은 개신교 문인들이 모이던 곳인데, 이 경우도 김 태규 목사를 따라 들른 것이다. 옆자리에 앉아서 좌중의 대화를 엿듣기만 했던 때였다. 옆에서 본 임인수 시인의 인상은 너무나 무표정한 얼굴에 말수가 적은 분이었다. 그 간에 시인 김태규 목사를 통해 임 시인의 시집『땅에 쓴 글씨』를 읽을 수 있었다.

　임의 얼굴을
　보는 때부터

　나는 언어를 잊었노라

　어찌하여 마음은
　이다지 타오르고
　종소리와 같이
　울려오는 숨결

이 영원에의 자세
목숨이 가지는
오늘의 절정.
　－「초상(肖像) 앞에서」

『땅에 쓴 글씨』에 수록된 이 작품을 김우규 문학평론가는 "임인수가 찾는 '임'은 미적 관조의 대상이 아니라, 인격적인 실제로 육박해 오는 그런 존재"라고 보고 "'임'으로 부름으로써 그 만남의 관계를 인격적으로 더욱 심화시키고 있다"고 평가했다.

　지난 2005년 여름, 뉴욕과 뉴저지 지역의 개신교 목사님과 신도들의 초청을 받아 문학 강연을 위해 방문했던 적이 있다. 강연회를 마치고 식사 시간에 임인수 시인의 미망인 신효숙 여사를 만날 수 있었다. 신문에 난 기사를 보고 찾아왔노라고 했다. 그녀를 통해 임 시인에 관한 자료를 얻어 왔다. 세 자녀 중에 한 분은 뉴욕에서 화가로 활동하고 있었다. 자료 중에는 남편이 작고한 지 3주기에 쓴 '남편의 영전에'라는 추도문도 들어 있었다. 그 추도문에 다음과 같은 글귀가 있었다.

　"그날 남편의 싸늘한 이마는 흰 관이 씌워지고 슬픔에 잠긴 상가는 촛불로 밤을 밝혀 통곡하였습니다." 이 문체엔 비장미마저 느껴진다. "…욕심도 가식도 없이 우직하게 순수하고 선하였을 뿐 명예도 안중에 없는 듯, 처세하는 기교나 허세의 과시는 일체 도외시하였을 뿐"이었다고 추모했다. 아내에게 비친 남편의 모습은 전형적인 백면서생이었다.

처음 임인수 시인은 아동문학으로 데뷔했다. 1940년 '아이생활'에 동시 「봄바람」, 그 이듬해엔 '소년'에 동시 「겨울밤」이 추천되었다. '아이생활'에서 동화 「불어라 봄바람」을 발표해 문단의 주목을 받았다.

또르롱 이슬이
잠자는 풀밭에
또르롱 별 초롱
반딧불 초롱

또르롱 이슬이
잠자는 풀밭에
또르롱 방울벌레
밤이 깊었네

또르롱 또르롱…
별을 보고서
반딧불도 또르롱
밤이 깊었네.
　　－「반딧불과 이슬」

활음조滑音調를 살려 음악적 리듬감을 살린 동요에 값하는 작품이다. 경쾌한 유포니euphony 현상이 된 것이다.

박화목 시인은 임인수 시인 25주기 기념 강연에서 "그의 동시를 특색 지을 수 있는 점은, 어디까지나 맑고 고요한 시심이, 그의 작품 정신의 기조가 기독교 정신"이라고 평가했다.

마음이 가난했던 시인, 자신이 처한 시대적 모순에 타협하지 못했던 임인수 시인이 작고한 지 반세기를 넘겼다. 임 시인의 유족을 뉴욕에서 만나 선생님에 관한 말씀을 들으며 새삼 선생님에 대한 추모의 정을 느끼게 되었다.

letters

　　시집『홀로 상수리나무를 바라볼 때』를 보내주셔서
고맙게 받아 읽고 있습니다. 가끔 뵙기는 하지만 언제 한
번 터놓고 이야기도 나누어 본 적 없는 터에 이렇게 작품을
대하고 있으면 오히려 마음이 편안합니다. 박 선생의
시풍이 고와서 그럴 테지요. 그 새도 평안하시길 빌면서 한
자 인사말씀만 전합니다.

　　　　　　　　　　　1991. 4. 30
　　　　　　　　　　　장 호

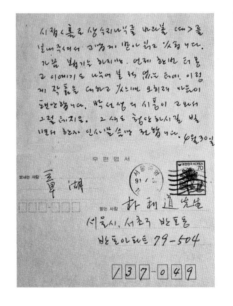

175

守分安命
順時聽天

甲寅新正 為
朴利道大雅淸
鑁 東室 金始鍾

김동리
(1913. 12. 21~1995. 6. 17)

"동리 선생의 귀는 당나귀 귀"

−이데올로기 문학은 참된 문학이 아니라고 주창한 김동리 선생

　해방문단 시절 순수문학.민족 문학의 옹호자로 자리매김했던 소설가 김동리 선생님을 추억한다.

　1960년대 중반으로 기억하고 있다. 소설가 김동리 선생님이 신문회관 1층 화랑에서 서예전을 열었다. 나는 친구들과 선생님의 전시장을 찾았다. 오전, 이른 시간이었는데 관람자는 보이지 않았다. 썰렁한 장내에 제자들이 들어가자 선생님은 우리를 반겨 주셨다. 선생님 특유의 손짓으로 돌아보고 방명록에 서명하라고 권하신다. 나는 벽면에 걸린 작품을 둘러보면서 걱정거리가 생겼다. 방명록 등에 한 번도 써 보지 못한 나로선 적잖이 걱정이 될 수밖에 없었다. 더욱이 악필^惡筆이어서 방명록을 망쳐놓을 게 분명한데, 선생님은 한 줄씩 쓰라고 명령하셨다. 친구들은 이름만 적어 놓거나 무엇이라 축하의 글을 적어 놓거나 했다. 우물쭈물 마지막으로 나도 붓을 들어 무엇이라고 한 줄 적고 서명을 했다. 이를 물끄러미 바라보시던 선생님이 "이 녀석아, 그렇게밖에 못 쓰나"라고 한 마디 하셨다. 분명 내 글씨를 보고 하신 말씀이다. 그 순간 나는 홍당무가 되고 말았다. 그날 이후 60여 년의 세월이 지났지만, 그날 받았던 부끄러움이 잊히지 않는다.

　김동리 선생님은 1934년, 조선일보 신춘문예에 시 「백로^白

鷺」이듬해 중앙일보에 소설 「화랑花郎의 후예」가 당선되었다. 또 그 이듬해인 1936년엔 동아일보에 소설 「산화」가 당선되면서 화려하게 데뷔했다. 선생님이 평소에 사석에서 자주 하시던 말씀이 있다. 먼저 데뷔한 장르로 이름을 알리고 난 후에 여러 장르를 골고루 품어야만 대문호라는 호칭을 받는다고, 제자들의 기를 부추겨 주셨다.

　김동리 선생님은 순수문학.민족문학론을 펴며 그 이론에 부합하는 작품을 써 문단의 한 축을 이끌어 갔다. 조선청년문학가협회 회장, 한국문인협회 회장 등 여러 문인단체를 이끌기도 한 대가풍大家風의 인물이다.

　　동리 선생의 귀는 당나귀 귀
　　오른손 손바닥을 귀에 부치고
　　경청하는 모습은
　　귀여운 당나귀 새끼의
　　놀라는 표정

　　동리 선생의 몸짓은 거북이 동작
　　조심스레 목을 빼어내듯
　　신중한 자세로 나귀 귀를 짓고
　　귓속말을 엿듣는
　　시늉을 하던
　　선생님께서는 무엇을 엿듣곤 하셨는지

　　"박이도는 무슨 소문도 없나?"

세배하러 간 내 친구들에게

물으셨단다

무엇이 궁금하셨을까?

─「동리 선생의 귀는 당나귀 귀」 전문

이 시는 선생님과의 인연을 풀어 본 작품이다. 1960년대 후반으로 기억되는데, 정초에 친구들 몇 명이 신당동 자택으로 세배를 하러 갔다가 선생님에게서 들은 말을 전했다. 느닷없이 선생님 왈曰 "박이도는 무슨 소문도 없나?"라고 물어보시더라는 것이다. 얼핏 "그 녀석은 왜 정초에 한번 들르지 않느냐"라는 질책의 말씀으로 느껴졌다. 아차, '내년엔 꼭 세배하러 가야지'라고 다짐한 적이 있었다.

'월간문학' 200호(1985년 10월호) 기념 권두언에 「참된 민족 문학의 길로」라는 제목으로 김동리 선생님은 평소의 지론을 펼쳤다. "창간사에서 밝힌 바와 같이 참된 민족 문학을 확립"하는 것을 전제하고 '월간문학'은 순수문예지를 지향해 대중 영향적 편집 태도를 취할 수 없었다고 실토한다. 그 대중 영합적이란 것은 에로티시즘을 수용하고 사회 개혁적 목적의식을 전제로 하는 참여문학 따위를 수용하지 않았다는 주장이다. 반면 이 시기의 우리 문단엔 '결과적으로 저널리즘이 이데올로기 문학을 내세우는 경향이 강했다"고 기술하고 있다. 사회 개혁이라는 목적의식 때문에 "'이데올로기 문학'은 '참된 민족 문학'이 아니다"라는 창간 당시의 지론을 다시 강조한 것이다.

1934년 데뷔작 시 「백로」를 보자. 한국 현대시 90여 년의 변천을 그려 보게 된다.

숩 사이 언덕 사이 푸른 물 우에
님을 기려 벗기려 너푸는 나래
고민의 추억이 한숨을 몰으노니
오오 조촐한 이 강산의 넉시여
해돗는 아츰에는 金물을 반기고
바람 부는 저녁때에 나불에 딸으고
노래와 춤이 사철 눈물을 이지여
고민과 추억이 한숨을 몰으느니
오오 점잔흔 이 나라의 넉시여

청성스리 파랑새 눈물로 새우지만
하늘과 물 사이에 감즐바업는
사랑과 벗님이 누구라 업다드냐
허나 보라 수리와 매의 모질게 싸흠과
야심에 불이 붓는 우울한 가마귀를
고민과 추억이 한숨을 몰으누나
오오 어질고 순한 평화의 나래여

*맞춤법에 어긋나거나 더러 말뜻이 불명한 어휘가 있으나 원문대로 옮겼음

letters

석동石童

박이도 교수님께

서둘러 졸시
〈팔일오 전후기〉
올립니다.
뜻과 같이 엮지도
못 하였습니다.
박 교수님께서
손보아 주시면
기쁘겠습니다.
고료를
구독료
대신해 주시기
바랍니다.
건강하시기 비옵고
오늘 서둘러 줄입니다.

2011. 7. 5
최승범 절

全
鳳
健

전봉건
(1928. 10. 5~1988. 6. 13)

불상을 연상케 하는 과묵의 시인

−'현대시학'으로 문단의 대부(代父) 역을 자처했던 전봉건

처음 본 전봉건全鳳健 선생의 인상은 무뚝뚝함 그대로였다. 내가 1960년대 초 '여상' 잡지 기자로 있을 때 그는 새 편집장으로 부임해 오셨다. 나는 며칠 후에 사표를 내고 선생님 곁을 떠났다. 당시 나는 모 여자중학교에도 강사로 출강했기에 어느 쪽이든 한 군데를 포기해야만 했기 때문이었다. 그 후 세월이 지나 1969년에 월간 '현대시학'을 창간하고 작고하실 때까지 20여 년 동안 평생의 사업인 양 잡지를 키웠다. 그 당시 각종 미디어를 통해 많은 문인들이 배출되었지만 발표지가 부족했던 문단 여건에서 시 잡지를 발행한 것은 시인들에게는 큰 혜택이었다.

전봉건 선생은 해방된 이듬해에 가족과 월남했다. 이어서 6.25전쟁으로 부산까지 피난해 갔다. 그곳에서 바로 육군에 입대하고 부상을 당해 제대하였다. 집으로 돌아와 어려운 피난민 생활을 이어가는 고난의 세월로 점철되었다. 그러는 가운데서도 시작詩作에 전념했는데, 처음 작심했던 소설 쓰기는 생활 여건이 허락하지 않았기에 시에 전념했다고 회고하였다.

"나의 작품이 6.25전쟁 전 '문예' 잡지 추천제에 의해 처음 발표되

었는데, 그것은 21세 때의 일이었다."(『한국전후문제시집』 시작 머리
에서. 1961년, 신구문화사간)

전봉건 선생의 첫 희망은 소설 작가가 되는 것이었다.
초.중등학교 교육을 일본어로 습득했던 소년, 그는 일본어
소설책을 많이 읽으며 자신은 소설가가 되겠다는 꿈을 키웠
다고 한다. 가형인 전봉래 시인의 영향도 컸다고 회고했다.

삐걱거리는 계단을 올라가면
강이 흐릅니다
고향의 바람이 불어옵니다

문을 슬며시 밀치고 들어서면
돌을 만납니다
언어는 그만 잊어버립니다

세월이 씻어간 당신의 눈 속을
소리 없이 물새가 날아오르고
은빛 피라미 떼는 비늘을 번쩍이며
늘 번지는 하늘로 갑니다

침묵은 때로 무섭기도 하지만
시의 가슴은 넓고 깊어서
참 아늑합니다.
　　　－「현대시학사-전봉건 시인에게」

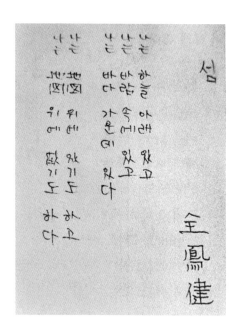

　신현봉 시인이 전봉건 선생을 추모한 시이다. 신현봉 시인은 1989년 전 선생의 추천으로 등단했다. 그 무렵 충정로의 현대시학사를 출입하면서 인연을 맺었던 사제 간의 정을 시화한 것이다. 신현봉 시인은 회고담으로 "전 선생께서 원로급 문인들에게만 고료를 지불할 수밖에 없는 사정을 늘 가슴 아파하셨다."고 했다.

　전봉건 선생께서 탐석 모임에 동참한 것은 1970년대 후반부터였다. 그 무렵, 혜산 박두진 선생이 캡틴의 역할을 하고 시인 김정우 선생, 이화여자대학교 미술대학에 계시던 교수한 분, 동아일보 김광협 기자, 서울예고의 H선생 등이 전후로 동행하곤 했다. 그 모임에 전 선생이 참여하기 시작한 것이다. 당뇨가 있어 음식을 가려 먹었다. 돌밭에 갈 때면 식빵 한 개를 배낭에 넣어가지고 다녔다. 당을 줄이는 운동을 겸해서 일요일마다 혼자서 다니곤 했는데, 어느 해인가는 한 주도 빠짐없이 돌밭에 다녀왔다고 말씀하셨다.

1980년 전후였는데, 고려대학교 앞에 있는 자택으로 수석을 구경하러 간 적이 있다. 앞마당 한구석에 수집해 온 수석이 쌓여 있었다. 마치 봉분을 연상하리만큼 많이 쌓여 있었는데, 이것들은 아직 정리하지 못한 채였다. 윗방에는 기름으로 닦고 좌대에 얹은 수석이 가득히 놓여 있었다.

눈 내린 광장을
한 마리 표범의 발자국이 가로 질렀다.
너는 그렇게 나로부터 출발해 갔다.
만월滿月이 된 활처럼 팽창한 욕망,
너는 희한한 살기를 뿌리면서
내달렸다. 검은 한 점이었다.
나의 모든 꿈의 투기投企인 너. 나는 몇 번인가 너를 보았다.
귀마저, 너는 언제나 웃고 있었다. 창이
무너져 내리는 전쟁의 거리에서도.
그때마다, 돌멩이가 꽃을 낳았을 것이다.
모래밭은
꽃밭을 낳았을 것이다. …(하략)…
─「꽃.천상의 악기(樂器). 표(豹 ; 범)」의 전반

시집 『사랑을 위한 뒤풀이』(1959)에 수록된 작품이다. 시집 첫 페이지를 장식한 이 작품은 전봉건 선생의 작품을 함축하는 듯하다. 김기림, 박남수 류의 현대성의 기법에 영향을 받은 듯 「꽃.천상의 악기」는 특정 대상에 집중하는 것이 아니라 시인의 내면에 의식되어 있던 사물에 대한 인상들이 자동기술적인 기술방식으로 떠올린 것이다.

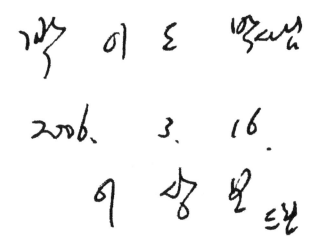

이상보
(1927.9.18~2020. 10. 21)

이즈음 우리의 말글살이는 어떻습니까?

-첫 스승, 한실 이상보 박사님

 한실 이상보李相寶 선생님은 나의 첫 은사님이시다. 평생 국문학을 전공한 교육자로서 한글 사랑과 그 실용 실천에 앞장서신 분이다. 또한 문인으로서 많은 문필 활동을 하는 한편 한글재단 이사장, 한국문학비 건립 회장 등 다양한 방면에서 활약하셨다.

 이상보 선생님은 이태원 국민학교 6학년 때 나의 담임선생님으로 인연을 맺게 되었다. 해방 이듬해에 월남한 나는 서울에서 옹진으로, 다시 서울로 와서 5학년에 편입했었다. 학교 문밖에서 하숙을 하셨는데, 종종 심부름으로 선생님의 하숙집 방을 드나들었다. 작은 방이었는데, 방 모서리에 책이 쌓여 있었다. 책시렁도 없이 책을 뉘어 쌓아 올린 것인데, 처음 그것을 본 나는 엄청 큰 충격을 받았다. 난생 처음 본 광경이었다. 또 한 가지는 선생님이 야간에 공부하러 다니는 대학생이기도 했다. 내가 성인이 되어 생각하니, 극히 사소한 모습이었지만, 소년의 눈에 비친 선생님의 모습은 크게 감동을 받았던 후일담이 되었다.

 학기 초였다고 기억하는데, 선생님이 맹장염에 걸려 명동 성모병원에 입원하셨다. 담임선생님이 입원하고 나는 선생님 대신 학생들의 자습을 독려하는 책임을 맡았다. 그 때 기억으로는 학생들이 투표로 반장을 뽑은 것이 아니라 담임선생님이 지명해 반장이 되었던 것으로 기억한다. 며칠 동안 선생님 없이 자습으로 시간을 보냈다. 어느 날인가는 10여 명을 이끌고 걸어서 이태원에서 명동 성모병원까지 선생님을 찾아가 병문안을 했었다. 선생님이 입원한 곳은 성모병원 별관(지금의 평화 방송 자리)이었다. 두어 번 갔던 것 같다. 그 당시엔 음악 시간에만 음악 담당 선생님이 들어와 수업을 하곤 했다.

한국어를 사랑하고 그 나아갈 방향을 제시한 선생님의 짧은 글을 소개한다.

요즈음 우리나라는 이른바 세계화의 물결 속에서 넋을 잃고 제갈바를 모르고 있습니다.

물질적 풍요를 추구한 나머지 저마다 이기주의에 빠져들어 이익집단의 시위 행동으로 사회의 불안을 가져오고 있습니다. 사치와 낭비로 파산에 이르러 자살하는 풍조가 만연하고 있습니다. 절약과 검소함을 부끄럽게 여기고 소비를 미덕이라고 부추김으로써 겸손과 사양의 마음을 버리고 오만과 방자함이 팽배해졌습니다.

그러나 더욱 놀랍고 걱정되는 일은 정신적인 병폐가 골수에 사무쳐 사경을 헤매고 있는 현실입니다. …(중략)… 그 얼을 담아 겉으로 드러내는 것이 '말'입니다. 그 나라의 말이야말로 씨알(민중)들의 얼을 담고 있는 그릇이라 할 것입니다.

그런데 요새 우리의 말글살이는 어떠합니까? …(후략)…

『제 얼 바로 찾기』(범우문고, 2006년) 「감사 가는 길」에서 우리말과 한글은 민족의 얼이라는 의의를 강조하고 있다. 이어 오늘날 우리 사회에서 한자어를 비롯 외래어의 잘못된 남용을 지적하고 있는 칼럼이다.

이상보 선생님은 지인들과 교제할 때 꼭 붓글씨로 친밀감을 담아 나누곤 했던 서예가이셨다. 내가 대학을 졸업하자 서울 시내 J여자중학교에 친히 나를 대동帶同하여 교장 선생님에게 취직을 부탁해 주셨다. 우선 1년간 강사로 근무하는 조건으로 직장을 얻을 수 있었다. 이미 모 잡지사에 근무하고 있었으므로 강사직을 겸하게 되었던 것이다. 결국 선생님은 나의 평생의 스승이셨다.

선생님은 1974년 동국대학교 대학원에서 박사학위를 받았다. 그 후, 그가 봉직하던 문리사대에서 학위 취득 축하 행사를 가졌다. 많은 하객이 참석해 선생님의 학위 취득을 축하해 주는 광경을 보며 나는 또 한 번 스승에 대한 존경심을 되새김했다. 평생에 각고의 노력으로 인생의 나아갈 길을 부지런히 개척해 가는 모습이 나에겐 귀감이 되었던 것이다.

心山 文德守

문덕수
(1928. 12. 8~2020. 3. 13)

서사시 「우체부」로 주목받은 모더니스트

─현장 비평으로 현대시의 판을 키워놓은 문덕수 교수

심산心山 문덕수文德守 시인이 타계한 지 1주기가 되었다. 그의 주된 호칭은 시인이었다. 동시에 대학교수로서 한국 현대 문학을 몇 가지 논점을 가지고 현장 비평가의 몫을 다해 왔다. 한국문학의 전통성에 관한 문제, 모더니즘 수용 문제, 말년에는 '하이퍼 문학론' 등으로 이슈를 이끌어갔다. 1950년 ~1970년대엔 소위 강단 비평으로 불리던 서양의 문학 이론을 강의하던 시절에 문덕수 시인은 당대의 우리 문학을 평가하고 비평한 현장 비평가로 활약해 왔다.

1960년대 초에 발표한 평론 「전통을 위한 각서─우리 문학의 전통서설」에서 "전통이란 역사와 문명을 내포하며 역사적 시간성이 있는 이성이 지배하는 현실에서만 그것을 찾을 수 있다"고 전통에 대한 자신의 관점을 피력한 바 있다.

북괴의 기습적인 남침인 6.25전쟁 당시 문덕수 시인은 자진 입대해 육군 소위로 전선에 배속 받았던 당시의 기록문이 있다.

격전지인 사창리와 현리를 거쳐 이른바 철의 삼각지대인 금화 철원에 도착했다. …(중략)… 참호 속 적의 시체 위에서 하룻밤을 보내며, 야영의 혹한에 시달려야 했다. …(중략)… 정찰을 끝내고 귀대 중 동두

천과 연천 사이에의 길에서 갑자기 '따따따, 따콩따콩' 하는 따발총의 사격을 받고 풀숲으로 피신했지만 이미 적탄은 대퇴부를 관통했고 파편이 좌측의 눈두덩을 스치듯 지났으며, 왼쪽 두상에 파열상을 심하게 입었던 것이다. 그 순간 이미 그는 의식을 잃었고, 온 몸이 피투성이가 되었다. 적의 기습이었다. 누군가에 업혀 야전병원으로 옮겨졌으며 들것에 누운 채 대구에 있는 제1육군병원으로 후송되었다. …(중략)… 1년 반 동안 치료를 받은 후 …(중략)…육군 중위로 일계급 특진을 해 목발을 짚고 절뚝이며 제대했다. …(중략)… 이번엔 대전 국립묘지에 국가 유공자 묘역에 안장되었다.

    −김순진의「문덕수 시인과의 대담록」('스토리 문학', 2014년 여름호)

    전쟁문학의 사실성이 적나라하게 그려진 글이다. 자진해서 입대한 육군 소위 문덕수가 전선에서 겪은 체험담을 채록한 것인데, 시대적 상황에 한 개인이 대처하는 자세를 엿볼 수 있다.
    그의 장편 서사시 「우체부」는 자신의 시대적 과정을 시대와 나아가 역사적 시점에서 엮어낸 수난과 개척의 숙명론적 기록의 역작이다.

   1. 조셉 롤랭
   고향 뒷산 기슭에 옥으로 박힌 호수 그
   어머니의 양수羊水에서 너는 물장구 쳤네
   잉어 가물치와 놀고 물밤 먹고 자랐네
   어느 날 시낭당 나무에 몸 칭칭 묶어 놓을 듯이
   노끈 한 줄 날아와 네 어깨에 걸리고

고무줄처럼 늘어져도 나긋나긋 끊이지 않는
우체부 '가방' 하나 달랑 달렸네
지구의 궤도 같은 빈 동그라미
　　－「우체부」의 첫 페이지

'조셉 롤랭'은 반 고흐의 그림이다. 고흐는 그를 프랑스 남
쪽에서 만나 가까이 지내던 우체부였다. 조셉 롤랑은 우체부
로 우편물을 배달해 주어 낯익은 터에 저녁에는 자주 들르는
카페에서 함께 어울리는 터였다. 조셉 롤랑의 우체부 복장
그림, 그의 가족사진 등 몇 점을 그려 선물로 주었다. 조셉
롤랑의 초상을 장편 서사시의 롤 모델로 삼은 것은 시인이 우
체부로서의 시적 화자가 되어 자기 생애의 과정을 펼쳐 간다
는 상징성이 짙다.

많은
태양이
쬐그만 공처럼
바다끝에서 튀어 오른다
일제히 쏘아 올린 총알이다.
짐승처럼
우르르 몰려 왔다가는
몰려간다. 능금처럼 익은 바다가
부글부글 끓는다.
일제 사격
벌집처럼 총총히 뚫린 구멍 속으로

태양이 하나하나 박힌다.
바다는 보석 상자다.
　－「새벽바다」(1963)

"그의 시적 경향은 모더니즘 경향의 시로 …(중략)… 서구편
향적인 시의 회화성을 통한 이미지의 조형성에 선, 공간과
같은 내면성 및 의지까지를 이미지화함으로써 …(중략)… 모더
니즘 시가 지향했던 사물시의 한계를 극복했다고 할 수 있
다"는 평설(『우리의 명시』, 동아출판사, 1990)처럼 문덕수는
내면 풍경의 본성, 본질에 해당하는 관념을 파헤치는 작업을
시도한 것이다.

　문덕수 선생의 함자를 떠올리면 먼저 무뚝뚝하고 무심한
듯한 표정으로 다가온다. 문단의 대선배이신 문 선생님을 자
주 대할 기회가 없었으나 그가 '시문학'을 인수해 발행인이
되면서부터 가끔 뵐 수 있었다.
　내가 중환으로 병원 신세를 지고 있던 2016년 겨울, '문덕
수문학상' 심사위원회에서 문학상을 준다는 소식을 듣고 감
사의 뜻을 숨길 수 없었다. 4개월여의 병원 비용에 큰 도움이
되었기 때문이다. 시상식에는 참석을 못하고 대신 영상으로
수상 소감을 보냈는데, 공교롭게도 문 선생님께서 와병으로
참석하지 못했다는 후문을 듣고 선생님의 쾌유를 빈 것이 아
쉬움으로 남는다. 부디부디 문덕수 선생님의 명복을 빈다.

letters

　보내주신 시집 『홀로
상수리나무를 바라볼 때』
잘 받았습니다. 귀한 선물 주신
거 감사드리며 시집 출간을
축하합니다. 언제나 조촐한 서정과
따스한 생활 감정을 환기하는
교수님의 작품들을 또 대하고 보니
마치 옛친구를 오랜만에 만난
것처럼 여간 반갑지 않았습니다.
불평불만이 삶의 완벽한 기교가 되거나 관습이 되어 온
우리의 상황에 교수님의 따스한 시선과 손길은 저에게는
여간 귀한 것이 아닙니다. 20, 30대가 어제 같은데 박
교수님과 저는 어느새 50대 중반이 되었군요. 세상이
하도 어수선하고 변화가 많으니 세월의 흐름을 잊는 때도
있는가 봅니다. 이곳 캠퍼스에는 노란 개나리가 한창
흐드러지게 피어 있고 날씨도 너무 화창해서 벌써 여름이
아닌가 하는 느낌도 듭니다. 연구실 창 너머로 파란 하늘에
떠 있는 구름이 교수님의 시처럼 무척 아름답게 보입니다.
내내 건강하시고, 계속 좋은 서정 작품 쓰시기를 멀리서
빕니다.

　　　　　　　　　　　1991. 4. 25 김준오 올림

金文洙

김문수
(1939. 4. 3~2012. 11. 5)

작가적 역량, 화려한 상賞 복福의 김문수
―"친구야, 내 친구 문수야"

인터넷에서 소설가 김문수金文洙에 관한 기사를 검색해 보았다. 문학상 수상 경력이 화려했다. 내 딴엔 아주 가까운 친구 중의 한 사람이었다고 생각하고 있었지만 그의 문학적 위상에 관해서는 문외한이었음을 깨닫게 되었다.

1959년 '자유신문' 신춘문예 시상식장에서 김문수와 만났다. 시상식장에서 마주친 우리는 "어, 너였구나!"하고 말은 안했지만 반가운 악수를 나눴다. 당시 우리는 서라벌예대 문창과 동급생이었다.

이를 계기로 우리는 아주 가까운 벗이 되었다. 그 후 나는 학보병學保兵으로 군에 입대했고 정확히 1년 6개월 만에 귀휴 조치를 받아 군복을 벗었다. 그 사이 김문수도 군에 다녀와 가끔 만나며 우정을 유지해 왔다. 그의 자취방을 자주 찾아가곤 했는데, 방에는 늘 두통약 '뇌신' 봉지가 놓여 있었던 것이 아직 기억난다. 자주 두통을 호소하곤 했다.

내가 대학을 마친 것은 1963년 2월이었다. 그해 8월에 유한양행에서 발행하던 사보 '가정생활'에 임시 직원으로 들어갔다. 요즈음 말로 하면 비정규직이 되는 셈이다. 그 무렵 김문수는 신태양사에서 발행하던 '여상' 잡지부의 기자로 일하고 있었다. 나는 잡지사로 가끔 그를 찾아갔다. 그때 '여상'

편집장이던 시인 이경남 선생을 뵙고 함께 식사도 하고 차도 마시는 일이 몇 차례 있었다. 그러던 중에 그가 직장을 옮기면서 나를 자기 후임으로 추천해 주었다. 이력서를 가지고 오라는 전갈이 왔다. 이력서를 가지고 갔더니 곧 바로 당시 신태양사 주간이신 소설가 유주현 선생님을 뵙고 '여상' 기자로 입사하게 된 것이다. 내 생애의 첫 직장이었다.

화롯불을 쬐고 있노라니 아버지가 이야기해 주신 만취당에 대한 전설이 생각난다. 만취당은 원래 정승 셋이 난다는 명당으로 자리가 하나 남았었는데 혹시나 외손자가 정승이 될까 만삭의 딸을 쫓았고 결국 외손자를 잃게 되어 아직 자리가 남아 있다는 것이었고 아버지는 이 전설을 이야기하시며 항상 내게 정승이 되어야 한다고 말씀하시곤 하셨다. 아버지의 정승 타령은 노상 입에 붙어 있었고 술이라도 한 잔 입에 걸쳤다 하면 그 타령은 끝이 없었다. …(중략)… 아버지의 손은 손가락 다섯 개가 모두 잘려나간 조막손이었다. 휴전 후 수류탄을 주워와 분해하다가 그 지경이 되었고 할아버지는 이대 독자인 아들이 놀림거리가 되는 것을 볼 수가 없어 결국 학교를 다니지 않고 집안에만 틀어박혀 지내셨던 것이다.

-단편소설 「만취당기(晩翠堂記)」에서

조선일보사에서 주관하는 '동인문학상' 제20회 수상작 「만취당기晩翠堂記」에서 몇 구절 인용했다. 김문수의 고향 마을에서 전해지는 이야기라고 했는데, 실은 자신의 집안 내력을 소설화한 것으로 여겨 적시하는 것이다.

"그동안 김문수 작가의 소설들은 주인공들이 시대의 거센

파도에 밀려 정체성을 잃고 상실감에 허덕이면서 어쩔 수 없이 새 시대에 적응해가는 패배자들의 순박하고 선한 인정미 넘치는 사람들이었습니다."(블로그 '먼동의 세상살이'에서) 이는 김문수가 그린 인물들의 특징적인 모습을 개략한 평문이다.

김문수의 작품 연보를 보면 단편소설에 비중을 많이 두었던 것 같다. 단편소설에 비해 장편소설의 비중이 적다. 장편소설 『환성의 성』 『바람과 함께』 『그 해 여름의 나팔꽃』 『어둠 저쪽의 빛』 『가지 않은 길』을 남겼다. 그가 붙인 작품 제목들은 시구를 연상하리만큼 간명한 은유인 것도 인상적이다.

여의도 성모병원에 입원해 치료받던 그의 큰 아들이 끝내 숨지자, 넋을 놓고 눈물을 흘리던 그 처연했던 모습이 잊히지 않는다.

"친구야, 내 친구 문수야! 하늘나라에서 아들과 만나 부자 간의 정을 나누게나."

석용원
(1930~1994. 1. 26)

시집 『종려棕櫚』로 문단 데뷔

-아동문학가로도 활약한 신앙 시인 석용원

    인보仁甫 석용원石庸源 시인을 가까이 만나고 교제한 것은 그가 중앙일보사에서 발행하던 월간 '소년중앙' 편집부장으로 일하던 때이다. 직장이 가까이에 있었기에 가능했다. 당시 나는 현대경제일보(현 한국경제)에 근무하고 있어서 근처 여러 문인들과 교제할 수 있었다. 1960년대부터 1970년대 초반까지 이형기 시인, 조장희 아동문학가, 김민부 시인, 이 반 희곡작가, 박태진 시인, 김태규 시인 등 많은 분들을 만났다. 따로 약속을 하지는 않았지만 음식점이나 다방에서 우연히 마주치기도 했다.

    석용원 시인의 경우도 그렇게 가까워졌던 사이다. 만날 때마다 넉넉한 인품으로 격려해 주시던 모습, 미남형의 환한 얼굴에 미소 짓는 모습이 아직 눈에 선하다.

    사철 푸른 너를 심었노라.

    애타게 그리움이 스미어 쌓여
    향방을 잃은 내 가슴 들에

    노오란 네 꽃을 어여삐 피워

연상 기다리노라.

머언 훗날도 아닌 어느 날-

구비치는 왕의 태열이
홀연히 뜰을 메워 내 앞에 흐를 적에

잎을 깔고, 비단처럼 너를 깔고
가지를 들어, 횃불처럼 너를 들어

호산나! 호산나!
목 쉬어 터지게 외칠 날 내게 있어

아아 종려-
사철 푸른 너를 심었노라.
　－「종려(棕櫚)」

　1955년 초에 출판한 첫 시집 『종려』에 수록된 표제標題시다. 소설가 전영택 목사의 서문, 조향록 목사의 발문에 정 규 화백의 삽화를 받아 호화 장정의 시집을 만든 것이다. 조향록 목사의 발문은 석 시인의 시집을 출간하는 자리인데 조 목사의 예술관을 단적으로 볼 수 있는 것이어서 이 부분을 적시해 본다.
　"시를 안다는 말은 인생을 안다는 말이다. 시를 쓴다는 것은 인생을 주격과 대격의 위치에서 관조하고 검토한다는 것이다. 그러므로 시정신은 철학을 초극超克하고 종교를 요약하며 모든 예술 정신의 본바탕이 되는 것이다. …(중략)… 크리스천으로 속칭 종교시를 썼으니까, 가 아니라 −사실 종교시란 딴 영역이 있을 수 없고− 담담히 인생시를 썼다는 것과 그 인생이 성숙"했다는 점을 강조한 것이다.

첫 시집을 내고 다음해엔 아동문학가인 강소천의 추천으로 '새벗'에 동시를 게재하면서 동시와 동화를 짓기도 해 그의 문학적 영역을 넓히기도 했다.

참새는
참새는
가지에 날고

붕어는
붕어는
물속에 기지만

오척의 서글픈 내사−
건들 건들
어디를 거닐까.

참새처럼
참새 되어
가지를 못 날고

붕어처럼
붕어되어
물속을 못 길망정

난
나의 거닐 길이
있을 상도 싶은데…

넌지시
짙어가는
하루를 무릅쓰고

홀홀이
넘어가는
한 해를 더듬어

마음 속 낮낮이 길을 찾아도
내사 갈길 몰라라
어디로 갈까.
　　　　　－「행로난(行路難)」

　동시가 된 시편이다. 단순하고 간결한 어조에 반복조의 리듬을 살린 것이다. 그가 동시나 동화 작가로 많은 작품을 썼다는 것은 그의 심성이 맑고, 여린 동심의 세계를 동경하고 있었음을 보여주는 것이다. 아울러 믿음의 시가 그의 정신적 지향점이었다는 것도 명기해야겠다.

호산나! 호산나!
목 터지게 외칠 날 내게 있어.

이 시구에서 석용원 시인의 주님을 영접하는 간절함의 절
규가 내 귓가에 쟁쟁하게 울린다.

서정주
(1915. 5. 18~2000. 12. 24)

노선老仙의 경지에 이른 잠언시

−토착어로 살려낸 우리의 성정性情, 서정주

미당未堂 서정주徐廷柱 시인은 자신의 토착어로 시를 쓴 한국어권의 대가이다.

한국인의 국어는 토착어로 되어 있다. 한국에서 태어나 성장한 시인들은 모두가 토착어로 시를 쓴다. 토착어란 역사적 전래의 특정 지역적 한계를 뜻한다. 환언하면 방언이나 사투리 말이다. 서정주 시인이 시로 쓴 말과 어휘들은 토착어로써의 특유한 생명력이 있다. 한국인의 성정을 잘 드러낸 것이다.

애비는 종이었다. 밤이 기퍼도 오지 않았다.
파뿌리같이 늙은 할머니와 대추꽃이 한 주 서있을뿐이었다.
어매는 달을 두고 풋살구가 꼭 하나만 먹고 싶다하였으나 …흙으로 바람벽한 호롱불 밑에
손톱이 깜한 에미의 아들.
갑오년甲午年이라든가 바다에 나가서는 도라오지 않는다하는 외싸 할아버지의 숱 많은 머리털과
그 크다란 눈이 나는 닮었다 한다.

스물세 햇동안 나를 키운 건 팔할八割이 바람이다.

세상은 가도가도 부끄럽기만 하드라.
어떤 이는 내 눈에서 죄인을 읽고 가고
어떤 이는 내 입에서 천치를 읽고 가나
나는 아무것도 뉘우치진 않을란다.

찰란히 티워 오는 어느 아침에도
이마 우에 언친 시의 이슬에는
몇 방울의 피가 언제나 서껴 있어
빛이거나 그늘이거나 혓바닥 느러트린
병든 숫개만양 헐덕어리며 나는 왔다.
　　－「자화상」, (초판본의 원문, 일부 한자에 한글로 음역함)

『화사집花蛇集』복간에 즈음하여
　내가 젊었던 날의 정열과, 고답高踏과 고독과 절망을 다룬 24편만
…(중략)… 대단히 건방지기도 했던 첫 시집『화사집』의 초판 발행 반
세기 되는 해를 맞이하여 …(중략)… 정지용 선배께서『궁발거사窮髮居士
화사집花蛇集』이라고 멋들어진 붓글씨로 휘호해 주셨기에 이걸 복간본
의 안표지에 넣기로 했다.
　　－1991년 9월 미당(未堂)

　…(전략)… 정주가 〈시인부락〉을 통하여 세상에 그 찬란한 비눌을
번듯인 지 어느 듯 오십육 년, 어찌 생각하면 이 책을 묶음이 늦은 것
도 같으나 역亦, 끝없이 아름다운 그의 시詩를 위하야는 그대로 그 진
한 풀밭에 그윽한 향후向後와 맑은 이슬과 함께 스러지게 하는 것이
오히려 고결하였을른지 모른다. …(하략)…

소화경진지추昭和庚辰之秋 김상원
金相瑗

('시인부락' 동인이었던 김상원이 초간 시집에 쓴 발문(미당의 시에 대한 인상의 일단이 기술된 부분이다.)

　내가 미당 선생님을 처음 뵌 것은 '자유신문' 신춘문예 시상식에서였다. 1959년 초 시상식 날, 심사를 맡았던 선생님께서는 한복을 입고 참석하셨다. 그날 한복 차림의 인상이 오랫동안 남아 있었다. 나는 그 후 곧 육군에 학보병 신분으로 입대하여 1년 반 만에 귀휴 조치로 제대하게 되었다. 제대 후 나는 공덕동 언덕바지의 선생님 자택을 몇 번 방문했다.

　제대한 다음 군 생활의 경험을 바탕으로 쓴 시 「황제와 나」가 한국일보에 당선됐다. 그 당선한 시를 읽고 김광균 시인께서 즉시 시집 『와사등』과 장문의 편지글을 써서 보내 주셨다. 그 시집 속에 끼워 넣은 편지글에는 과분한 격려의 말씀도 적어 주셨다. 나는 제일 먼저 이미 자유신문에서 심사해 주셨던 미당 선생님을 찾아가 그 편지를 보여 드렸다.

　그 일이 있은 후에는 미당 선생님께서 김광균 선생의 근황을 묻고 찾아갈 때면 자신의 안부도 전하라는 당부까지 하셨던 적이 있었다. 그 후 편지를 서대문 일대에서 어울리던 문우들, 송상옥, 이제하, 송수남 화가 등이 보고 싶다고 해, 편지를 주었다가 얼마 후에 돌려받으려 했으나 어느 친구 선에서 행방불명이 되었는지 행방을 찾을 길이 없었다.

다음은 이경철 시인이 쓴 미당 선생님과의 면담한 대목이다.

시인이란 똑같은 소리 되풀이하지 말고 계속 새로운 세계를 찾아 나서야 되는 것이야. 기웃 기웃거리며 남의 것 좋다 흉내 내지 말고 무엇에도 흔들림 없는 '절대적 자아'를 가지고 끝없이 떠돌라는 것이지. 아직 덜 되어서 무엇인가 더 되려고 떠도는 것이 시이고 우리네 삶 아니겠는가!

선경仙境의 경지에 이른 노선老仙의 잠언시가 된 면담록이다. 이것은 미당 선생님의 제자인 이경철 시인이 기자로서 대담한 내용을 적시한 것이다.

미당 선생님은 해방 후 문교부 예술과장, 동아일보 문화부장 등의 직업을 갖고 조선청년문학가협회 시분과위원장으로도 활약한 이력이 있다. 말년에는 동국대학교 교수로서 후학을 지도해 왔다. 근자에 와서 미당 선생님을 친일 운운하며 한국현대시사에서 소거消去하려는 세력이 있다. 나는 이에 동의하지 않는다. 이율배반적 판단이기에 동의하지 않는다.

letters

박이도 선생님께
선생님께서
보내주신
『민담(民譚)시집』
여러 번 읽고 있습니다.

선생님에게도
이런 세계가
있었다니!
깜짝 놀랐습니다.

무순처럼
늘 청량하신
그 사유가
속설과 해학에
이르러
더욱 놀랐습니다.

등 굽은
조선솔 같은
『민담시집』
한 권

멀리
솔개 한 마리
낙관처럼
떠 있는
초동 입구,

2002. 11. 15
유재영 드림

213

박이도선생님

김승옥

2008년 4월

김승옥
(1941. 12. 23~)

한글세대의 상징적 아우라

―「생명연습」 등 특유의 문체 계발(啓發)한 김승옥

소설가 김승옥이 뇌졸중으로 쓰러진 것은 2003년 2월 26일이었다. 이문구 소설가의 부음을 받고 장례식장을 가기 위해 택시를 타려는 순간 쓰러졌다는 것이다. 그 후 김승옥은 어눌해졌고 정상적인 대화를 나눌 수 없는 상태에 빠졌다. 그는 이런 화를 입고서 하나님을 만나고 영접하는 새로운 삶을 맞이하였다.

김승옥의 자전적 에세이집 『내가 만난 하나님』에는 다음과 같은 글귀도 보인다.

요컨대 부활하신 예수님은 우리에게 음성을 들려 주시기도 하고 모습을 보여주시기도 하는 영원히 살아 계신 우리의 구원자인 것이다. …(중략)… 이 사실을 또 한 번 야무지게 체험한 것은 다음 해, 1984년 6월이었다.”(『내가 만난 하나님』에서. 이 글은 블로그 ‘전혀 다른 향가 및 만엽가’에서 차용한 것임을 밝혀둠.)

1960년대 후반, 이어령 문학평론가는 처음으로 한글세대 문인들을 소개하면서 김승옥 소설가 등을 다룬 적이 있다.

가을 햇살이 내 에나멜 구두 콧등에서 오물거리고 있다. 형이 나와

누나에게 어머니를 죽이자는 말을 끄집어냈을 때도 내 발가락 사이로 초가을 햇살이 희희덕거리며 빠져나가고 있었다. 굵은 모래가 펼쳐진 해변에서였다.

　　－「생명연습」에서

언젠가 여름밤, 멀고 가까운 논에서 들려오는 개구리들의 울음소리를 마치 수많은 비단 조개껍질을 한꺼번에 맞비빌 때 나는 소리를 듣고 있을 때 나는 그 개구리 울음소리들이 나의 감각 속에서 반짝이고 있는, 수없이 많은 별들로 바뀌어져 있는 것을 느끼곤 했었다. 청각적 이미지가 시각적 이미지로 바뀌어지는 이상한 현상이 나의 감각 속에서 일어나곤 했다.

　　－「무진기행」에서

등단작 「생명연습」과 한글세대로서의 성과를 올렸던 「무진기행」 두 작품의 문체를 적시했다. 섬세하고 감성적인 어법으로 전개된 김승옥 특유의 문체가 된 것이다. 소설의 내용에 관한 문제는 비평가와 독자들의 몫이다. 그때까지 한자漢字 어조語調로 된 관념어 위주의 문자와 기술하는 어법은 그 나름의 시대적 평가를 받기에 충분하다. 김승옥의 문체와 사물들을 대비하거나, 이어주는 은유적 수법 또한 김승옥 류類의 특허(?)처럼 선보인 것이다.

김승옥 형을 처음 만난 것은 1962년 한국일보 신춘문예 시상식장에서이다. 그는 소설 「생명연습」으로, 나는 시 「황제와 나」로 당선해 시상식에 참석하며 만나게 된 것이다. 호리호

리하고 훤출한 키의 미남형. 얼굴은 창백했고 입은 옷은 서울대학교 교복에 배지를 달고 있어서 마치 육군사관학교 생도들이 휴가차 나와 다니던 모습을 연상케 했다.

세월이 흘렀다. 내가 다니던 교회의 한 장로님 댁에서 하숙할 때인데, 그 장로님이 김승옥의 사람 됨됨이를 물어와서 전도가 유망한 친구임을 강조하며 적극 추천하는 말을 해 주었다. 그 후 그의 혼사는 성사되어 결혼식을 올렸는데, 그 예식장에 참석하지 못한 기억이 있다. 아마 김 형은 아직도 그때의 뒷얘기를 모르고 있을 것이라고 짐작한다.

또 세월이 흘러 이번엔 월간 '창조문예'를 맡아 일할 때 김 형도 필자로서 잡지사에 들르곤 했다. 발행인 임만호 장로와 동향이었다. 이미 말문이 막혀 필담이나 손짓 등으로 대화를 나눌 때이다. 그의 고향 순천에 김승옥 문학관을 개관할 때 초청장을 받고도 미처 참석하지 못해 아쉬움이 남는다.

朴利道 교수님 惠存
김태규 드림

김태규
(?~1967)

1960년대 한국기독교 문단을
이끌어 낸 공로자

－북에서 활동했던 김조규 시인과 형제 시인 김태규

김태규金泰奎 시인은 1960년대 한국기독교 언론매체에서 활약한 언론인이었다. 그는 자신이 관여하는 매체에 개신교 신앙을 가진 문인들의 작품을 청탁해 풍성한 기독교문단을 이어갔다. 한편으로는 그들을 규합해 크리스찬문학가협회를 창립하는 일에 적극 개입하기도 했다. 그가 시인이라는 사실은 얼마 뒤에야 알게 되었다. 그가 창간한 '기독교시단' 제1집에는 동인의 성격과 이념적 좌표를 설정한 '선약'을 게재했다. "'기독교시단'은 우리 한국 땅에 기독교 문학이 뿌리박고 창조, 개화시켜 풍성한 결실을 가져오게 해야 하는 객관적, 시대적인 요청과 이에 대한 누를 수 없는 열의와 성의로써 창간 발족 …(중략)… 기독교 시 자체의 성과뿐 아니라 …(중략)… 우리 현대시 전체의 정신적 지향을 기독교적이고 생명적인 높이로 끌어 올리는 선약문을 작성한다"는 선약문을 속표지에 담았다.

이 선약문은 박두진 시인이 작성한 것이다. 김태규 시인의 열성으로 '기독교시단' 제1집이 발간된 것은 1965년 3월이다.

지난밤에 심은 씨앗이

새벽 가슴에 와 피었다

잎새마다 구르는 이슬방울

하늘과 땅의 해후邂逅인가

갈피마다 촉촉이

환희가 물결친다

사방에 보이는 것은 어제 그대로인데

미처 못 피고 떨어진 꽃망울들은

어디에 묻혔을까?

내일이면 다시

누군가의 길섶에 피어나리

꿈으로 피어나는 꽃이겠지.

-「오월에」 전문

　자연의 신비로운 비경을 예찬한다. "하늘과 땅의 해후인 가", "어디에 묻혔을까?/ 내일이면 다시/ …(중략)… 꿈으로 피 어나는 꽃이겠지"에서 현상을 관망하며 미래의 소망, 부활의 꿈을 믿는다는 은유로 되어 있다. 이는 "미처 못 피고 떨어진 꽃망울들"의 부활을 믿는다는 것이다. 시인이 꿈꾸고 지향하 는 세계를 간명한 필치로 그려낸 작품이다.

　나는 김태규 시인의 도움을 많이 받았다. 1960년대 직장 생활을 시작할 무렵, 이러저러한 일로 자주 뵐 수 있었다. 그 가 만드는 신문에 아낌없이 지면을 할애해 주었다. 또 종로 통에 기독교서회 주변에 모이던 개신교 신앙을 가진 원로 문 인들을 소개시켜 주며 크리스천 문학인의 모임을 결성하는 일에서도 이끌어 주시곤 했다. 그 무렵, 나는 소설가 전영택 목사님, 이상로 시인, 석용원 선생님, 반병섭 목사님, 박화목 선생님 등 많은 문인들과 교제할 수 있었다. 전적으로 김태규 시인이 이끌어 주신 것이다. 그 후 1980년대에 들어와서 김 시인은 목회에 전념하셨고 나는 신문사에서 교직으로 직장을 옮겨 만남이 뜸했다.

김태규 시인은 친형 김조규 시인의 전집을 간행하면서 문단의 화제를 모으기도 했었다. 김조규 시인은 1930년대 초부터 작품 활동을 시작했고 해방 후에는 고향 평양에 머물며 사회주의 문학을 표방하기도 한 시대의 사상적 풍운아이기도 했다.

가로수 여윈 모양 한층 더 쓸쓸하고
싸늘한 포도鋪道 우에 뭇 자욱 소리 흩어질 때

나의 사람아 지금은 저녁 휘파람 소리 골목에 가득하다
시냇물같이 가슴에 새어드는 가슴에 창백한 멜랑코리-
길바닥에 구으는 흐터진 마음들-
회색빛 내 노래가 지금 길을 잃고 헤매인다.

황혼의 전선電線이여 시민의 고갈한 넋이여
그 중에 외로운 내 그림자가 흐리여진다
향리鄕里에선 이단아라 추방당하였고
동무들은 비겁하다 여정旅程을 멀리하였느니
구으는 역사의 사생아-

그렇다 누가 피 없는 내 노래에 반주伴奏할 거나

탄식과 절망과 회의와 고민

숨소리 흐려지는 황혼의 가두街頭에 외로이 비틀거린다

내 노래 진실을 찾어 흔들리는 적막한 곡조

하나 나의 사람아 얼마나 눈물 가득한 음향이냐 얼마나 안타까운 회색 보표이냐

…(중략)… 눈물의 노래여 길을 찾어 읍조리는 마음의 곡조여

구원의 회의 철학자 - 무기력한 영웅주의자,

아아 우울이다, 회색이다

귀 기울이라 나의 여인아 이 저녁 서글픈 내 노래가 네 들창을 두드린다.

　　─「황혼의 거리 - 나 젊은 인텔리의 고백」, 1934년 가을.

　이 시 「황혼의 거리」는 1934년 11월 '대평양' 창간호에 실린 김조규 시인의 작품이다. 데뷔 초기의 작품으로 '나 젊은 인텔리의 고백'이라는 부제가 달려 있는, 조국을 잃은 한 인텔리겐치아의 방황하는 모습이 잘 드러나는 심경 고백의 작품이다.

　시인 김태규 목사님은 2017년 소천하셨다. 그 소식을 최규창 기독교신문 주필로부터 전해 들었다.

letters

사과나무 십자가
서정춘

사랑이어
나는 너에게
살점 살점을 준다
단물 단물도 준다
향기 향기도 준다
다 준다
너의 내부에 반딧불만한 인광의
씨알도 준다
오, 너는 나를 잉태한
나의 마리아.

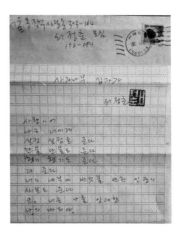

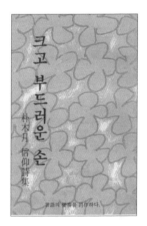

박목월
(1916. 1. 6~1978. 3. 24)

언어 절제, 토속어의 상징성을 살려

−시로 확인해 가는 박목월 시인의 영생의 길

    박목월 선생께서 서울시문화상을 받은 해가 1969년이다. 선생님과 얽힌 소소한 기억들을 되살리려고 선생님이 서울시문화상을 받은 해를 찾아본 것이다.

    나는 데스크를 도와 내근하는 날, 가리방(등사판의 일어)으로 긁어 배포하는 통신사의 뉴스 속보를 보다가 '박목월 시인, 서울시문화상 수상' 소식을 읽게 되었다. 즉시 선생님께 전화를 걸어 축하의 말씀을 드렸더니, 선생님은 "박 군, 고맙네" 하시며 내 신상에 관해 몇 마디 나누고 전화를 끊으셨다. 그 후 언제인가는 먼저 전화를 걸어 당신께서 봉직하시는 한양대학교 대학원에 진학하라는 권면의 말씀을 해 주셨다. 그러나 나는 그런 선생님의 권유에 따르지 못했다.

    1946년 을유문화사에서 출판한 『청록집靑鹿集』은 조지훈, 박목월, 박두진의 합동시집이다. 이들은 '문장'을 통해 문단에 나왔다. 이 합동시집으로 '청록파'라는 별칭을 받으며 현대시사에 큰 획을 그었고, 각각 뚜렷한 시적 개성으로 시단의 기린아들이 되었다. 지훈과 목월의 친교 이야기는 문단 뒷이야기로 널리 알려져 있다.

    정지용鄭芝溶 시인은 '문장'에 박목월을 추천하며, "목월의 아기자기 섬세한 맛이 좋아. 민요풍에서 시에(로) 발전하기까지 목월의 고심이 더 크다. …(중략)… 목월이 요적(謠的) 뎃상 연습에서 시까지의 콤포지션에는 요(謠)가 머뭇거리고 있다." 고 추천사에 썼다.

내가 목월을 처음 만난 것은 1946년 이른 봄이었다. …(중략)… 그때까지 경주를 못 보았을 뿐 아니라, 겸하여 목월도 만나고 싶고 해서 나는 그 이튿날 목월에게 편지를 썼다. …(중략)… 얼마 뒤에 목월에게서 답장이 왔다. 그 짧으면서도 면면한 정회가 서려 있는 편지는 …(하략)…"(조지훈의 회고담)

경주 박물관에는 지금 노오란 산수유꽃이 한창입니다. 늘 외롭게 가서 보곤 하던 싸늘한 옥적(玉笛)을 마음속 임과 함께 볼 수 있는 감격을 지금부터 기다리겠습니다."(목월의 답장)

이 짧은 글을 받고 조지훈은 이내 전보를 쳤었다. 그 후 지훈이 세상을 떠났을 때, 목월이 지훈을 애도하며 쓴 글을 보자.

경주에 있는 나에게 하루는 편지가 왔다. 봄바람에 날리는 버들가지처럼 멋이 있으면서 단아한 지훈의 필체로 넉 장 정도의 긴 편지였다. 시인다운 우아한 사연의 그 편지를 6.25사변 때 잃어버린 것이 내게는 두고두고 한이었다. 내가 회답을 보낸 얼마 후 그는 나를 찾아 경주로 왔다. 긴 머리가 밤물결처럼 출렁거리던 그의 첫 인상은 시인이기보다 귀공자 같았다. 티 없이 희고 맑은 아마, 그 서글서글

한 눈-나는 서울에서 온 시우詩友를 맞아 그 날 밤을 뜬 눈으로 새웠다. (지훈을 애도하며)

지훈이 목월에게 부치는 시 「완화삼玩花衫」과 이에 화답 시로 쓴 목월의 시 「나그네」는 널리 읽히는 작품이다.

크고 부드러운 손이
내게로 뻗쳐 온다
다섯 손가락을
활짝 펴고
그득한 바다가
내게로 밀려온다
인간의 종말이
이처럼 충만한 것임을
나는 미처 몰랐다
허무의 저편에서
살아나는 팔
치렁치렁한 성좌가 빛난다 …(후략)…
　　−「크고 부드러운 손」 부분

그는(목월) 자연의 시로 시작해 신앙 시로 귀결된 시작활동을 했다. …(중략)… 중기 이후로 신과의 존재, 기독교정신의 인간탐구로 변모해 왔다. …(중략)… 시어로서 한국어의 가능성을 극한까지 추구해 보여줌으로써 민족적 자긍심과 우월성을 보여주었다는 평을 받는다.
　−「기독교문학기행」에서, 이지현 국민일보 기자의 르포

지상에는 아홉 켤레의 신발
아니 현관에는 아니 들간에는
아니 어느 시인의 가정에는 알전등이 켜질 무렵을
문수가 다른 아홉 켤레의 신발을
…내 신발은
십구 문 반
눈과 얼음의 길을 걸어
그들 옆에 벗으면,
육 문 삼의 코가 납작한
귀염둥아 귀염둥아
우리 막내둥아

…(중략)…

아랫목에 모인
아홉 마리의 강아지야
강아지 같은 것들아
굴욕과 굶주림과 추운 길을 걸어
내가 왔다
아버지가 왔다
아니 십구 문 반의 신발이 왔다
　－「가정」의 부분

　십구 문 반의 치수로 상징하는 한 가장家長의 애틋한 정서
가 심금을 울린다. "귀염둥아 귀염둥아// 우리 막내둥아",
"아랫목에 모인/ 아홉 마리의 강아지야/ 강아지 같은 것들

아"라고 한 시구에는 한정지을 수 없는 무한한 애정을 그려 낸다. 여기서 느끼는 행복감은 식솔들에 대한 가장의 최상의 축복이 아니겠는가. 이어 "굴욕과 굶주림과 추운 길을 걸어" 왔다는 대구對句에서 화자가 삶의 버거운 현실을 인지한다. 연민의 정을 일으키게 한다.

박목월 시세계엔 가족에 얽힌 사연이 많다. 그 사연들이 가감없이 시로 승화시킨 것이다. 특히 부인 유익순 여사의 신앙심이 박 시인의 신앙 시에 기폭제가 되기도 했다. 박목월 시인께서 타계한 후 그의 장남 박동규 교수는 해마다 해변 시인학교를 주최하여 큰 성과를 거두었다. 많은 문학지망자와 애호가들이 참여하여 독자와 시인의 만남으로 시와 문학적 소양을 높이는 데 크게 기여했다.

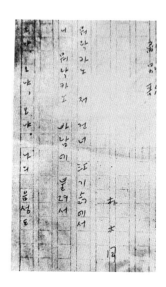

특히 나,라,너 ... 하고 ...
생각한 쪽들이란 ... 생겼다. 죽어를 ... 것을
소녀의 대통(...) 하 소시민의 노에 비친
1980년 5월 어느 토요일 오후 하나였어 결국 출에
... ... 의 한 동료의 ... 한 개인의 ... 은
...) 어 ... (... 사람들,)
또 '우리 노동자 당한 일이라고 ... ...
거네. 앞쪽라 안에 시 처럼을 삶 ... 것은
그 쪽들까 보위기를 위한 거 ... 어렸기
일 (해방 전후, 6.25 등)을 ... ... 우리의
소통에 비추려인 '민족시' 쪽 ... ...
... 먹어. "손심까 ... ...
인용해 주게. 文章도 인용했 ...
... 붙어. 없니 ... 하세 ...

송상옥 유고장편소설
가족의 초상
송상옥 저

... 뒤미에 ... ...
... .
... 그러스토, 에 수록된
'... 場, 이란 쪽들을 주어기
... 건 ... (... 위해).

송상옥
(1938~2010. 2. 5)

모국어의 향수 속에 역이민을 꿈꾸던 소설가

—송상옥, L.A 이민지에서 쓸쓸히 사라지다

소설가 송상옥末相玉 씨가 L.A로 이민간 것은 1981년이었다. 그 후 한 두 차례 서울에 다녀갔다. 내가 교환교수로 워싱턴에 있는 조지워싱턴대학교에 머문 것은 1990년대이다. 송 작가는 귀국할 때 L.A로 들려 며칠 쉬어가라는 요청을 해 왔었다. 나는 흔쾌한 마음으로 송 작가를 방문할 수 있었다. 그가 이른 새벽에 공항으로 마중을 나와 그의 집으로 갔다. 아침식사를 그 집 식구들과 나누고 그들은 모두 직장으로, 학교로 출근하고 나 혼자 남게 되었다. 너무 무료했다. 그의 서가에는 한국에서 가져간 책으로 채워져 있었다. 송 작가의 작품집을 골라 읽으며 시간을 보냈다. 오후에 일찍 귀가해 나를 한국인 가게가 많은 거리의 한 호텔로 옮겨 주었다. 며칠 간 머무는 동안에 여기저기 관광 안내도 해 주었다. 하루는 그리피스 천문대로 가서 한 때를 보내기도 했다.

송상옥 작가는 당시 L.A 한국일보사에 문화부장으로 활약한 것으로 기억하고 있다. 서울에서의 최종 직장은 조선일보 문화부 기자였다. 고향 선배인 L.A 중앙일보사의 고위 간부로부터 함께 일하자는 내락을 받고 떠났었다. 그 사이에 무슨 사정이 있었는지는 모르지만, 그는 말년에 한국일보에서 근무한 것이다.

　연한 갈색의 겉장은 손때가 묻어 반질거렸다. 그것은 두 손으로 들어야 할 만큼 크고 두터웠다. 내가 이 앨범을 다른 것들보다 더욱 아껴온 것은, 윗대부터 내 아이들에 이르는 가족 삼대의 사진들이 여기에 들어 있기 때문이다.
　언제 보아도 볼 때마다 친근감을 주는, 나에게는 무엇보다도 귀한 것이다. 최근 들어 나는 오래된 이 가족 앨범을 뒤적여보는 일이 부쩍 잦아졌다. 그 중에도 아버지와 어머니, 그리고 두 형과 내 소싯적 모습이 담긴 것들을 새삼 눈여겨보았다. 그것들은 보면 볼수록 아련한 그리움과 함께 아픔을 새롭게 했다.

　　ー「가족의 초상」 서두

　송 작가가 작고한 지 10년 만에 발간한 유작 장편소설『가족의 초상』의 첫 부분이다. 이 소설은 자서전 성격의 객관적 시점으로 풀어낸 작품이었다.
　책 뒤에 붙인 문학평론가 이태동 교수의 작품론을 보면 "안정된 현실인 조국을 버리고 불확실하고 허상에 불과한 꿈을 찾아서 미국으로 건너갔던 것은 …(중략)… 오랫동안 뿌리를 내리고 벗들과 함께 어울렸던 조국을 떠나 이방인(L.A)으로서 미국에서 지내면서 '바닥없는 함정'과 같은 생활을 하다가 정신적인 구원을 찾아 조국으로 다시 돌아와서 새로운 출발을 하고자 하는 자서전적인 경험의 궤적을 서정적인 문체로 리얼하게 그리고 있다."고 썼다. 이태동 교수는 평문에서 송 작가의 몇몇 작품을 통해 송 작가가 이민에 따른 신상의 문제들 특히 한국어 작가로서의 정체성에 좌절해 다시 한국으로 돌아갈 것을 시도했으나 이미 한국문단에서는 잊혀진 듯 냉담했던 과정을 지적하고 있다.

학창 시절부터 1960년대의 현대경제일보 시절까지 한 직장에서 고락을 함께했던 송 작가와 나의 우정은 남달랐다. 그는 역이민으로 귀국해 직장도 찾아 보고, 계속 작가 활동을 하고자 시도했으나 여의치 않았다.

2012년 8월 L.A의 미주한국문인협회(회장 장태숙)의 초청을 받아 여름 캠프에 참가한 적이 있다. 팜스 스프링 미라클 호텔에서 1박 2일로 행사가 진행되었다. 나는〈문학과 언어〉라는 제목으로 강연을 했다.

강연 끝에 간담회 자리에서, 나의 오랜 친구 송상옥이 그곳에서 생을 마칠 때까지의 얘기를 들을 수 있었다. 암으로 생을 마친 송상옥 말년의 인상은 쓸쓸해 보였다는 것이다. 단편적인 얘기들이었지만 모임에도 나오지 않고 그곳 문인들과의 만남도 거의 없었다. 한편 경제적 여건도 어려웠다는 후문이었다.

송 작가는 본래 말수가 없었던 친구이다. 한 직장에서 5,6년을 같이 지내면서 본 그의 모습은 취재를 위한 만남이 아니고는 친구들과도 별로 어울리는 적이 없었다. 처음 알게 된 사람들에게는 오해를 살만한 처신이었다.

미주 한국문인협회 장태숙 회장을 통해 송 작가의 미망인과 식사 자리를 마련하려 했으나 그쪽 사정으로 만날 수 없었다. 나는 강사료로 받은 일금을 장 회장에게 맡겨 미망인에게 전해 달라고 부탁하고 귀국했다. 왜인지, 이국땅에서 쓸쓸하고 허무하게 간 그를 생각할 때면 안쓰러운 감정을 떨칠 수 없다.

"송 형, 이것이 나그네 인생길이 아니겠나. 하늘나라에서는 부디 근심 걱정 없는 영일寧日의 나날이 되기를 비네. 안녕!"

letters

보내주신 시집
귀한 작품집
『홀로 상수리나무를 바라볼 때』를
잘 받아 고맙게 읽고 있습니다.
더욱 높아지시길 바랍니다.

1991. 4. 25
유경환

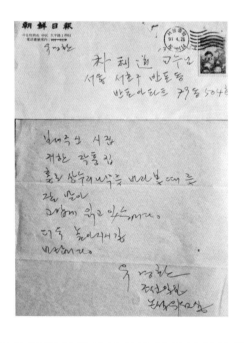

석동 박이도 시백님

다직한 모습으로

영혼을 일깨우는

시인이시여!

2014 만추

박종구

박종구
(1941~)

시와 서예를 아우른 영활靈活한 서예가 박종구
―서사체로 엮은 천지창조의 비의秘儀

　　평금平金 박종구朴鍾九 목사는 과작寡作의 시인이다. 경향신문 신춘문예(1974년)에 동화 「은행잎 편지」로 당선하고 1976년에는 월간 '현대시학'에 「풍경」 등으로　등단한 시인이다. 등단 전부터 습작해 온 문학과 서예가 박 시인에게는 보약이 된 셈이다. 스스로의 존재성, 신에 경도되는 영적 세계의 성찰 기간을 쌓아 왔기 때문이다.

　　너는 내가 아니다
　　그가 네가 아니듯이
　　나도 그가 될 수 없는
　　아, 견고한 자유여
　　―「나」의 전문

　　나와 너, 그리고 제3인칭인 그들은 각기 다른 개체이다. 서로 다른 존재임을 확인함으로써 "아, 나의 자유여"라고 깨달음을 보여준다. 이것은 고립무의孤立無依의 단독자로서의 존재감을 확인한 것이다. 고독감을 통해 스스로를 꿰뚫어보는 것을 "견고한 자유"로 은유한 것이다. 시인의 시적 탐험은 자기 생명 존재의 의의를 탐구하며 확인해 가는 것이다. 그는 절제된 시의 언어로 자신의 초상화를 그리고 있다.

한편 「메시아, 그리고 아담」에서는 에덴동산의 아담과 하와의 이야기를 서사체로 펼쳐나간다. 신앙인으로서 하나님의 천지창조의 비의인 완전함, 선함, 참다움, 그리고 눈부심에 관한 하나님의 언약을 시인의 언어로 재현한다는 의미가 있다.

> 모든 것은 파괴되고 있었다
> 남과 여, 형과 아우, 민족과 민족
> 가시와 엉겅퀴
> 깨어진 조화,
> 깨어진 땅
>
> …(중략)…
>
> 그것은 처음 에덴에서 비롯되었다
> 그것은 들판으로 번졌다
> 아우를 향한 돌칼
> 피의 울부짖음
> 그것은 온 땅으로 흩어졌다
> ─「메시아, 그리고 아담」에서

한국어의 순수성을 살려 토착어로 녹아나는 극히 절제된 어휘만을 골라 지은 작품들에서 박 시인의 시적 개성이 드러난다.

물레에 점토를 올리자
선들이 부스스 일어난다

제끼제끼 감추던, 너의
수줍음

사뿐히 날아와 다소곳이
이 손바닥에 맴도는, 여린 너의
입김
　ㅡ「순아에게」 전문

　박종구 시인을 처음 만난 것은 그가 한국기독교문인협회
회장(1975년) 시절이었다. 회원 신분으로 비롯한 교제가 지
금까지 이어지고 있다. 그는 시인으로, 서예가로도 일가를
이루고 있다.

　그가 발행인 겸 주간으로 있는 1976년 창간 '월간목회'를
지금까지 이어오고 있다. 박목사는 이 잡지를 통해 "한국교
회의 연합과 일치를 도모하고 기독교 문화의 창달을 위해 일
익을 담당해왔다"는 자부심을 갖고 있다. 또한 '크로스웨이
성경연구'라는 프로그램을 계발하여 국내외에서 직접 강의하
며 개신교 목회자들의 길라잡이가 되고 있다.

　조여 오는 날 세운
　창들

원군은 없다 이 막다른
전장

북소리, 아직은
들리지 않고
─「화선지 앞에서.1」

획을 짚자 묵향을 이고 일제히 도열하는
상형들

견고한 짙은 어둠

행간에 젖은 여백
저만치 고요롭다
─「화선지 앞에서.2」

오롯이 낙관을 거둔다
고요만이 내려앉은
이 적색의 유배지─

한세월 수놓은
뜨락

묵향은
이적지 낮달에 걸려 있고

-「낙관을 치며」 전문

　서예가가 붓을 들고 화선지 앞에 선다는 것은 단 한 번의 대결이라는 절체절명의 순간에 비유한다. 붓글씨는 지우고 다시 쓰거나 덧칠하며 완성해 가는 것이 아니기에 "조여 오는 날 세운/ 창들, …(중략)… 막다른 전장"이라고 했다. 그 재차일거再次—擧의 순간에 벌이는 정신적 대결을 "막다른 전장"이라고 표현한 것이다. 운필법運筆法은 원곡 김기승체를 따랐다. 앞에 예시한 작품 외에도 「운필」 「묵란」 「여백」 등 일련의 시편들은 박 시인의 시서예관이 담겨 있는 작품들이다.

　지난 2012년 초, 나는 '수석-시서화전'을 개최한 바 있다. '문학의 집서울' 김후란 이사장의 배려로 1개월 간 이어진 전시회에 박 시인이 내 시 세 편을 써 주었다. 그 우정의 운필運筆을 나는 고이 간직하고 있다.

전영택
(1894. 1. 8.~1968. 1. 16)

「화수분」은 왜 그 시대의 대표작인가?

−늘봄 전영택 작가의 이력

내가 소설가 전영택田榮澤 목사를 처음 뵌 것은 1960년 초 종로 2가 기독교서회 지하 다방에서였다. 크리스챤신문 편집 국장 김태규 목사를 따라갔다가 전 목사를 비롯 주태익, 이 보라 방송작가, 반병섭, 이상로 시인 등 여러분들을 만날 수 있었다. 옆 테이블에 앉아 그들의 대화를 엿듣고 있다가 저 녁 식사를 하러 갈 때면 뒤따라가서 식사를 하고 나왔던 기억 이 있다.

어르신들을 뵙는 것이 멋쩍은 일이 되어 다음부터는 별로 들르지 않았다. 그 무렵은 내가 정신여자중학교에 강사로 출 강할 때인데, 전영택 목사의 딸 전상애 선생을 만났다. 또 한 편으로는 전상애 선생의 남편 조동화 선생을 알게 되었다. 어떻게 알게 되었는지 기억에 없으나 조동화 선생이 당시 동 아방송 제작부장으로 있던 무렵이다.

전영택 목사는 1968년 1월 16일 교통사고로 작고했다. 그 날 전 목사는 종로 YMCA 앞에서 기독교서회 쪽으로 길을 건 너다가 교통사고를 당한 것이다.

그 후로 나는 찬송가 책에 수록된 전 목사께서 작사한 두 편의 찬송가를 부를 때면 감개무량함에 빠져들 때가 많았다.

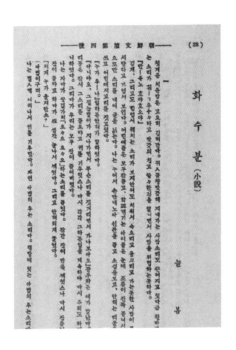

"사철에 봄바람 불어 잇고"(구두회 곡)와 "어서 돌아오오"(박재훈 곡) 두 편이다.

박재훈 선생은 나의 대광중학교 은사이기도 했다. 음악 선생이었던 박 선생님과의 에피소드도 잊지 않고 있다. 나는 음악교실 제일 앞줄에 좌석이 지정되어 있었다. 키 순서로 앉았기 때문이다. 한 번은 노래를 배우고 있었는데, 선생님께서 나를 지목해 일어나라고 하셨다. 그리고 지금 몇 차례 부르던 노래를 혼자 불러 보라고 말씀하시는 거였다. 음치 수준인 나는 학우들 앞에서 노래를 불렀다. 다 듣고 나서 선생님은 피아노 반주를 하시다가 일어나 내게 다가와 "야, 그렇게밖에 못 부르냐?" 하시면서 들어가 앉으라고 하셨다. 순간 나는 홍당무가 되고 말았다.

사철에 봄바람 불어 잇고 하나님 아버지 모셨으니
믿음의 반석도 든든하다 우리 집 즐거운 동산이라
(후렴) 고마워라 임마누엘 예수만 섬기는 우리 집
고마워라 임마누엘 복되고 즐거운 하루하루('사철에 봄바람 불어 잇고'의 1절)

3절로 된 이 가사는 시편 112편에 근거를 두고 썼다. 예수님을 경외하는 가정이 받을 복을 노래한 것이다.

어서 돌아 오오 어서 돌아만 오오
지은 죄가 아무리 무겁고 크기로
주 어찌 못 담당하고 못 받으시리오
우리 주의 넓은 가슴은 하늘보다 넓고 넓어('어서 돌아 오오'의 1절)

이 가사는 누가복음 15장의 잃었던 아들에 관한 비유에 근거하여 썼다. "'아버지여 내가 하늘과 아버지께 죄를 얻었사오니 지금부터는 아버지의 아들이라 일컬음을 감당치 못하겠나이다(18~19절)"

앞의 두 찬송가는 한국 교회에서 많이 불리운다. 이 찬송가를 부를 때면 전영택 목사님의 모습이 떠오르곤 한다. 가사와 곡조가 잘 아우른, 은혜가 넘쳐나는 찬송가이다.

단편 「화수분」은 전영택의 대표작인가?

그의 작품 중에서 가장 많이 회자膾炙되는 것은 시대적 정황이 반영되었기 때문에 아니었을까 싶다. 1925년, '조선문단' 1월호에 게재한 이후 1세기에 이르기까지 문제적 작품으로 읽히고 있는 것이다. 일본의 식민지 치하에서 가난을 극복하지 못하고 곤경에 처한 사람들의 모습을 사실주의의 기법으로 생동감 있게 서술한 작품이다. 「화수분」은 그 당대의 문제작이 될 수밖에 없었다.

나는 어느 첫겨울 추운 밤 행랑아범의 흐느끼는 소리를 들었다. 그 해 가을 아범은 아내와 어린 계집애 둘을 데리고 행랑채에 들어와 있었다. 아홉 살 난 큰 계집애는 도무지 부모의 말을 듣지 않는 아이인데도 굶기는 것보다 낫다는 생각으로 어멈이 어느 연줄로 강화로 보내 버렸다는 말을 듣고 아비는 슬피 운다. 행랑아범 화수분은 원래 양평의 남부럽지 않은 노우의 셋째로 잘 살았으나 가세가 기울어 집을 나왔고 …(중략)… 그런데 어느 날 화수분은 형이 발을 다쳤다는 소식을 듣고 추수하러 양평으로 갔다. 어멈은 쌀말이라도 해가지고 올 것을 기다렸으나 추운 겨울이 되도록 돌아오지 않는다. 어멈은 어린것을 업고 길을 떠났다.

마침 화수분도 어멈의 편지를 받고 서울로 달려오는 길이었다. 화수분이 어떤 높은 고개에 이르렀을 때 희끄무레한 물체를 발견했는데 그것은 딸 옥분이었다. 어멈은 눈을 떴으나 말을 못한다. 이튿날 아침에 나무장수가 지나다가 그 고개에 젊은 남녀의 껴안은 시체와 그 가운데 아직 막 자다 깬 어린애가 등에 따뜻한 햇볕을 받고 앉아서 시체를 툭툭 치고 있는 것을 발견하여 어린것만 발견하여 소에 싣고

갔다.

-「화수분」의 끝 장면

　나는 소설가 전영택 목사를 추모하는 정이 각별하다. 그가
남긴 찬송가에서 얻은 신앙적 경의敬意와 그의 유족들과의 선
의의 교제를 이어왔기 때문이다.

차제에 O수께
얼굴 본지 너무 오래되었다.
항상 좋지 일이 주변에서 가까지
계속 있기를 빌겠다. 오규원

오규원
(1941. 12. 29~2007. 2. 2)

248

허무주의자 오규원의 시적詩的 패러디

−30년 만에 뜯어본 연하장

30년 전 오규원吳圭原(圭沃) 사백이 부친 편지를 최근에야 뜯어보았다. 봉투에는 '1990. 1. 5 서울 영동'이라는 일부인日附印이 선명히 찍혀 있다. 나는 해마다 받은 편지나 엽서류의 우편물을 연도 표시를 해 한 묶음씩 묶어 보관해두곤 했는데, 코로나19 팬데믹 상황에서 서재 정리를 시작했다. 그동안 마음으로만 정리해야겠다는 생각을 하고 있다가 실천에 옮긴 것이다. 일기장, 수첩, 우편물 등을 정리하다 보니 오규원 형의 뜯지 않은 편지가 다른 편지들과 함께 묶여 있는 것이 아닌가. 사소한 부주의로 미처 뜯지 않은 채 넣어둔 것이다.

얼굴 본 지 너무 오래 되었다.

항상 즐거운 일이 주변에서까지

계속 있기를 빌겠다.

오규원(1990년 1월 5일자 소인이 찍힌 봉투. 엽서 크기의 그림과 친필 연하장이 들어 있었다.)

형은 이미 불귀의 객이 되고 말았다. 연하장 봉투에는 이름만 적었을 뿐 집 주소는 적혀 있지 않았다. 뒤늦은 내 답신은 어디로 띄워야 할지?

기린아麒麟兒, 오규원 형에게

목이 유난히 길었던 사나이
얼굴은 네모꼴에 선이 굵어
강인한 포즈로 다가오던 친구

30년 만에 뜯어본 연하장엔
너의 세련된 경상도 사투리가 들려온다
"항상 즐거운 일만 계속 있기를…"
부스스 잠 깨어 중얼대듯 중얼중얼
그만하오, 나도 곧 갈 테니…

그의 문제작 한 편을 읽어본다.

MENU -
샤를 보를레르 800
칼 샌드버그 800
프란츠 카프카 800

이브 본느프와 1,000
에리카 종 1,000
가스통 바슐라르 1,200
이하브 핫산 1,200
제레미 리프킨 1,200
위르겐 하버마스 1,200

시를 공부하겠다는
미친 제자와 앉아
커피를 마신다
제일 값싼
프란츠 카프카
—「프란츠 카프카」

이 시는 포스트모던한 실험 시이다. 산업사회로 치달리던 1970년대 이후의 세태를 패러디한 것이다. 독자에 따라서는 "이것도 시인가? 작위적으로 만든 메뉴판을 복사해 놓고 한 줄 낙서를 단 것에 불과한데…"라고 당혹감을 느낄 수도 있다. 독자가 읽어온 서정시의 통념으로 보면 혼란스러울 수 있다.

나는 문예창작 실기론 시간에 다양한 성격의 시를 나누어 주고 즉석 감상문을 써 발표하는 시간을 갖곤 했다. 무의미한 낙서처럼 읽는 독자가 있는가 하면 풍요함을 추구하는 산업사회에서 겪게 되는 소시민적 비애감, 좌절감에 빠진 자들을 패러디한 것임을 직감하는 독자도 있을 것이다. 시대적 거대 담론이 될 수 있는 문제를 희화戲畫한 셈이다.

내가 오규원 형을 만나기 시작한 것은 1970년대 초, 종로구청 주변에 있던 문학과지성사 사무실에서였다. 오 형의 첫인상, 얼굴은 선이 굵고 목이 길어서 나는 '기린아'라고 별명을 붙여주었다. 그는 경상도 사투리를 썼으나 비교적 강한 발음을 구사하지 않는 편이었다. 지금도 동물원에 가서 기린을 보면 항상 당당했던 오규원 형의 얼굴을 연상하게 된다.
아울러 허무주의적 세계관의 대표적인 작품「프란츠 카프카」
가 오버랩 되곤 한다.

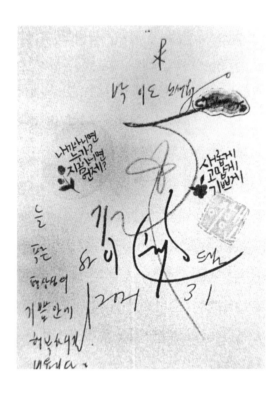

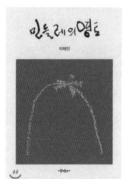

이해인
(1945. 6. 7~)

생명 위기의 시대에 힐링의 전령사

−민들레의 영토에 뿌린 사랑의 씨앗 이해인 수녀

시인 이해인李海仁 수녀의 이름을 떠올리면 제일 먼저 그녀의 첫 시집 『민들레의 영토』가 생각난다. 그녀의 첫 시집이 이미 세간에 화제가 되던 때인데, 박두진 선생님에 따르면 젊은 수녀 한 분이 찾아와 시집 서문을 부탁해 왔다고 했다. 사전에 작품을 더러 보내오고 몇 차례 전화 통화가 있었지만 추천받기보다는 조용히 시집을 내고 싶다고 해서 서문을 써 주었다는 후일담을 들을 수 있었다.

나는 이해인 수녀를 만나본 적이 없다. 10여 년 전 월간 '창조문예'를 맡아 꾸려가면서 원고청탁을 위해 통화를 하면서 서로 간의 존재를 인지하게 되었다. 그녀는 원고료를 사양했다. 또 어느 해엔가는 마감 날짜에 앞서 "지금 내 건강이 안 좋아 병원에 있으므로 언제 어떤 일을 당할지 모르니 써 놓았던 작품을 바로 보낸다는 메모와 함께 원고를 보내온 적도 있었다.

누구의 아내도 아니면서
누구의 엄마도 아니면서
사랑하는 일에
목숨을 건 여인아

그 일이 뜻대로 되지 않아
부끄러운 조바심을
평생 혹처럼 안고 사는 여인아

표백된 빨래를 널다
앞치마에 가득 하늘을 담아
혼자서 들꽃처럼 웃어 보는 여인아

때로는 고독의 소금 광주리
머리에 이고
맨발로 흰 모래밭을
뛰어가는 여인아

누가 뭐래도
그와 함께 살아감으로
온 세상이 너의 것임을 잊지 말아라
모든 이가 네 형제임을 잊지 말아라

—「수녀」

이해인 수녀의 신앙 고백적 자화상이다. 수녀라는 종교적 특수 신분으로 인간적인 고뇌와 이를 극복해 가는 과정을 담고 있다. "앞치마에 가득 가을을 담아/ 혼자서 들꽃처럼 웃어 보는" 천사의 미소, 평안과 안식의 정서를 감지하는 시인으로서의 감수성이 녹아 있다. "때로는 고독의 소금 광주리/ …(중략)…/ 맨발로 흰 모래밭을/ 뛰어가는" 자연인 이해인이 고독을 안고 가는 고해와도 같은 길이다. 수녀라는 신분, 믿음을 바탕으로 하여 "누가 뭐래도/ 그와 함께 살아"갈 "모든 이가 한 형제"임을 다짐한다. 스스로 미션의 전도사임을 자처하고 이를 이끌어나가겠다는 신앙고백의 자화상이다.

시인 이해인의 출세작이며 시집 표제로 삼은 「민들레의 영토」 전문을 보자.

기도는 나의 음악
가슴 한복판에 꽂아 놓은
사랑은 단 하나의 성스러운 깃발

태초부터 나의 영토는
좁은 길이었다 해도
고독의 진주를 캐며
내가
꽃으로 피어나야 할 땅

애처로이 쳐다보는
인정의 고움도
나는 싫어

바람이 스쳐가며
노래를 하면
푸른 하늘에게
피리를 불었지

태양에 쫓기어
활활 타다 남은 저녁 노을에
저렇게 긴 강이 흐른다

노오란 내 가슴이
하얗게 여위기 전
그이는 오실까

당신의 맑은 눈물
내 땅에 떨어지면
바람에 날려 보낼
기쁨의 꽃씨

흐려오는 세월의 눈시울에
원색의 아픔을 씹는
내 조용한 숨소리

보고 싶은 얼굴이여.
　　　―「민들레의 영토」

　시인 박두진 교수는 시집 서문에 다음과 같은 글을 써주었
다.

　클라우디아 이해인 수녀의 시 작품을 처음 대했을 때 나는 무엇보
다도 먼저 그의 감정적 진실에 놀라고 감동했다. …(중략)… 소명감적

인 헌신의 노래, 그러한 기구이기보다는 인간 누구에게나 있을 수 있는 영원한 법열과 인간이기 때문에 겪어야 하는 정직한 고민, 고독감, 슬픔 같은 것이 울리고 있기 때문이다. 인간, 인생, 청춘에 대한 결연한 결단, 전부를 조화한 신에의 제사로, 그러한 영혼의 불꽃으로 타고 있는 것이다. …(후략)…

오늘날 우리 문단에 몇 안 되는 베스트셀러 시인이 되었다. 『오늘은 내가 반달로 떠도』 등 새 시집을 발간하는 대로 중쇄를 거듭하고 있다. 그의 시작은 이 엄혹한 시대에 독자에게 사랑과 위로감을 주는 힐링 시인인 동시에 종교적 미션을 감당해내고 있는 것이다.

이해인 수녀는 부산 성 베네딕도 수녀원에 거주하고 있다. 그녀는 학구열도 왕성하여 필리핀 성 루이스대학교에서 영문학을 전공했고 서강대학교 대학원에서는 「시경詩經에 나타난 복사상福思想 연구」로 석사학위를 취득하기도 했다.

letters

보내주신 귀한 저서 감사히 배수拜受하였습니다.
축하드립니다. 이 가을에도 시심 깊으시고 변함 없이 건승
건필하시기 빌며 거듭 감사드립니다.

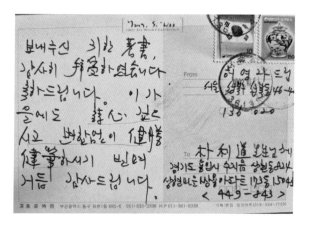

허영자 시인

letters

··· 상략··· 그간 귀한 서적들, 차분히 펼쳐 보며 선생님의 단단한 시력, 그리고 한결같이 맑고 온화한 인품에 보내는 진술한 목소리와, 선생님 작품에 대한 올곧은 평문을 대하며 우리 시단에 참 귀한 분이심을 다시금 깨달았습니다. 사실 선생님만큼 평강한 이미지를 주시는 분, 우리 시단에 흔한 일은 아니라고 봅니다. 시집 어느 인생에는 맑고 높은 인생의 이미지가 선연히 펼쳐져 있었습니다. 특히 '시간'에 대한 선생님의 깊은 헤아림을 통해 "무한으로 깊이 빠져 들어가는 시간, 그 시간을 감지"하는 자세를 취하리라 다짐할 수 있었습니다. 요즘들어 시간의 흐름에 유난히 꺾이는 의욕을 되살려 봅니다. ··· 하략···

한영옥 시인

박이도 시인께

생명 존중, 동심과 자아. 인간 사랑…. 한평생 꿈꾸며
펼쳐놓은 문학의 시詩 농사 『박이도 문학전집』 출간.
가을걷이 진심으로 축하드립니다. 뜻깊은 자리 채우지
못한 결례 머리 숙여 사죄드립니다. 문운 더욱 빛나시고,
건간은 항상 청솔같이 푸르소서.

　　　　　　　2010년 10월 마산 이광석 드림

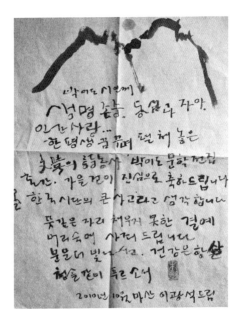

　　　　　　　　　　　　　　　이광석 시인

262

letters

    늘 정성스럽게 챙겨 보내 주시는 시집을 받고 인사도
못 드렸습니다. 베트나멩 갔다가 열심히 일하며 사는
사람들을 보니, 이렇게 살면 희망이 있겠다 싶었습니다.
요새는 문학이 왜 행복으로 우리를 이끄는가 그런 생각을
자주 합니다. 문학이, 지성과 행동을 과도하게 강조하는
중에 본령을 벗어난 듯하기 때문에 방향의 재조정이
필요한 시점에 와 있습니다. 좋은 시 많이 쓰시길 빕니다.

2011. 2. 28

우한용 교수

　　지난 6월 25일 해외 기독교동우회에서 우연히도
선생님을 만나 뵙고 노무도 반가웠습니다. 잠시나마 길고
긴 세월의 그리움에 잠겨 목메었습니다. 박선생님은
너무도 저희 남편과 스타일이 흡사하기에 더욱
가까워왔으며 깊은 여운 속에 잠겼습니다. 39년 전 한
마디 유언도 없이 48세의 아쉬운 나이에 가 버렸기에
기인이 오면 더욱 아파오매 지금은 어디서 별과 달 바람을
노래하고 있는지 꼭 한 번 이 땅에 다시 나타날 듯도
합니다. 이제는 가신님의 혼 어느 구천에서 노래하고
있을까요. 오직 아쉬워옵니다.

　　　　　2006년 8월 2일 임인수 미망인 신효숙 드림

임인수 미망인 신효숙

letters

이도利道 인형仁兄

새해에도 맑고 맑은 그 시심을 긷고 길어 온 사위에
전해 주세요.

후학後學 김광희 올림

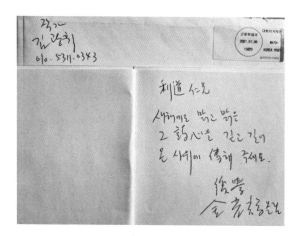

김광희 작가

시집『폭설』잘 받았습니다. 시집이 참 날렵하고 이쁘게
나왔습니다. 박 형의 시는 늘 대해 왔습니다만 무엇보다도
현대시의 난해성 앞에 기를 못 펴는 저 같은 사람에게는
우선 쉽게 접근할 수 있어서 좋습니다. 역시 그런
정공법으로 담담하게 임하는 것이 예술가의 성실한 자세가
아닌가 하고도 생각합니다. 더욱이 「조춘早春」 「죽은 새야」
등 감명이 깊습니다.

방송작가 주태익

표정
—사진작가 육명심^{陸明心}의 독심술^{讀心術}

박이도

끈기와 뚝심으로 우뚝 선
어처구니, 육명심^{陸明心}
나는 그의 독심술^{讀心術}에
나의 내면의 심리^{心理}를 찍히고 말았다

내 안에 흐르는 시간 그 순간순간의 감정
한 컷의 표정에 담기다
외부지향에만 골몰하던
내 안의 진면목을 바라본다.

1977년 가을 사진작가 육명심의
예술사진 작품

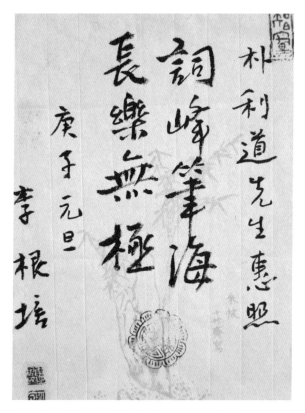

2020년 이근배 시인이 박이도 시인에게 보낸 신년 휘호

박이도 – 육필서명본에 담은 시담

내가 받은 특별한 선물

제1쇄 인쇄 2022. 3. 25
제1쇄 발행 2022. 3. 30

지은이 박이도
펴낸이 김상철
펴낸곳 스타북스

등록번호 제300-2006-00104호
주소 서울시 종로구 종로 19 르메이에르종로타운 B동 920호
전화 02-735-1312 팩스 02-735-5501
이메일 starbooks22@naver.com

ISBN 979-11-5795-636-4 03810

ⓒ2022 Starbooks Inc.
Printed in Seoul, Korea